www.ingramcontent.com/pod-product-compliance
Lightning Source LLC
LaVergne TN
LVHW010617070526
838199LV00063BA/5180
*9789358726336*

# نیند اور دیگر کہانیاں

سید اسد علی

© Syed Asad Ali

**Neend aur diigar KahaniyaaN** (Short Stories)
by: Syed Asad Ali
Edition: March '2024
Publisher :
*Taemeer Publications LLC* (Michigan, USA / Hyderabad, India)

ISBN 978-93-5872-633-6

9 789358 726336

مصنف یا ناشر کی پیشگی اجازت کے بغیر اس کتاب کا کوئی بھی حصہ کسی بھی شکل میں بشمول ویب سائٹ پر اَپ لوڈنگ کے لیے استعمال نہ کیا جائے۔ نیز اس کتاب پر کسی بھی قسم کے تنازع کو نمٹانے کا اختیار صرف حیدرآباد (تلنگانہ) کی عدلیہ کو ہو گا۔

© سید اسد علی

| | | |
|---|---|---|
| کتاب | : | **نیند اور دیگر کہانیاں** |
| مصنف | : | **سید اسد علی** |
| پروف ریڈنگ / تدوین | : | اعجاز عبید |
| صنف | : | فکشن |
| ناشر | : | تعمیر پبلی کیشنز (حیدرآباد، انڈیا) |
| سالِ اشاعت | : | ۲۰۲۴ء |
| صفحات | : | ۶۰ |
| سرورق ڈیزائن | : | تعمیر ویب ڈیزائن |

# فہرست

| | | |
|---|---|---|
| (۱) | جب خدا میرے کمرے میں اتر آیا | 6 |
| (۲) | بھاگتا ہوا خر گوش | 8 |
| (۳) | گھاس کھانے والے شیر | 19 |
| (۴) | ایک شاعر تھا... | 23 |
| (۵) | ایک گھنٹہ | 25 |
| (۶) | پہاڑوں سے اترتا ہوا پانی | 42 |
| (۷) | کالا کپڑا | 44 |
| (۸) | Causalities of Love | 48 |
| (۹) | نیند | 59 |

## جب خدا میرے کمرے میں اتر آیا

اس گھر کے مہمانوں کے لئے میرا کمرہ کبھی پسندیدہ نہیں۔ بوسیدگی اس کی در و دیوار سے یوں ٹپکتی ہے جیسے بارش کے بعد میرے انگور کی بیل ٹپکتی ہے۔ ایک کارنس ہے جس پر چند ایک گرد آلودہ تصویریں ہیں اور ایک میز پر رکھا کپ ہے جس میں میں اپنے دانت اتار کر رکھتا ہوں۔ میری عینک، ایک دو کتابیں، ایک نوٹ بک اور کپڑوں بھری ایک الماری۔ اور ہے کیا بھلا اس کمرے میں؟ ایسے میں ایک بوڑھے کو دیکھنے یہاں کون آئے گا؟

تو ایسے میں جب گھر میں کوئی مہمان آتے تو مجھے کمرے تک محدود کر دیا جاتا۔ ایسے ہی ایک دن جب میں نیچے سے مہمانوں کا شور سن رہا تھا تو میرے کمرے میں ایک بہت عظیم مہمان آیا۔ وہ بھی کیا دن تھا جب خدا میرے کمرے میں اتر آیا۔

میں نے اپنی زندگی میں کیا کیا نہیں کیا۔۔۔۔۔ کیا کیا نہیں کیا کہ اپنی زندگی کو اس قابل بنا سکوں کہ خدا اپنے ازلی سفر کے بیچ اس پر ایک نظر ہی ڈال لے۔ میں نے ہر وہ شئے اپنے گرد اکٹھی کر لی جس پر شائبہ بھی تھا کہ وہ خدا کو میری طرف متوجہ کر سکے گی۔ اور آج وہ آیا تو ایسی ساعت جب میرے پاس کچھ بھی نہیں تھا۔

میں نے بے بسی سے اپنے کمرے کی طرف دیکھا اور میری آنکھوں سے آنسو نکل پڑے۔ خدا نے وہ آنسو اپنی ہتھیلی پر رکھے اور بڑی آہستگی سے انہیں کھڑکی سے باہر گرا

دیا۔ پتہ نہیں کیوں مجھے لگتا ہے کہ یہ انگور کی بیل انہی آنسوؤں سے نکلی تھی۔ میں نے کبھی اپنے بیٹے سے پوچھا نہیں۔۔۔۔۔ شاید اسی لئے نہیں پوچھا کہ وہ کہیں یہ ہی نہ کہ دے کہ یہ بیل تو اس نے خود لگوائی تھی۔ مجھے بہر حال یہی لگتا ہے جیسے انگور کی بیل انہی آنسوؤں سے پھوٹی ہو۔

تو اس دن مجھے احساس ہوا کہ میں غلط تھا۔ میں نے خدا کی توجہ حاصل کرنے کے لئے پتہ نہیں کیا کیا کاٹھ کباڑ اپنے گرد جمع کر لیا تھا۔ اتنا کاٹھ کباڑ کے جس کے بیچ سے خدا مجھے ڈھونڈ ہی نہیں پایا۔ اب جو وقت نے ساری آلائشیں میرے قریب سے اتار پھینکیں تو وہ مجھے ڈھونڈ پایا۔

تو میں اس دن بہت دیر تک اسے دیکھتا رہا۔ وہ مجھے ایک چھوٹے سے بچے کی طرح لگ رہا تھا جو اپنی معصوم مگر شرارت بھری آنکھوں سے مجھے دیکھتا ہو اور پوچھتا ہو "کیسا لگا یہ کھیل۔۔۔۔۔ کیا اور کھیلو گے؟"

میں نے اس کے کسی سوال کا جواب نہیں دیا۔ میں تو تشکر کے گہرے پانیوں میں float کر رہا تھا۔

## بھاگتا ہوا خرگوش

ایک چھوٹا سا بچہ ہے۔ ایک سمجھ میں آنے والی عام سی دنیا ہے۔۔۔۔ سخت، پتھر جیسی دنیا۔ اور ایک بھاگتا ہوا خرگوش ہے۔ خرگوش جو اس دنیا کا نہیں ہے۔ جس کی حرکت، جس کی پھرتی، جس کی بیگانگی آپ کو کسی اور ہی دنیا میں لئے جاتی ہے۔ آپ جانتے ہو کہ آپ اس سا تیز نہیں بھاگ سکتے، آپ کو خبر ہے کہ ایسے خرگوشوں کے پیچھے بھاگنے والوں کو راستہ کبھی نہیں ملا کرتا۔ آپ جانتے ہو کہ یہ جس دنیا کی طرف جاتا ہے اس کی نہ تو کوئی حقیقت ہے اور نہ ہی منطق۔۔۔۔۔۔ آپ جانتے ہو مگر پھر بھی اپنے پیروں کو روک نہیں سکتے۔ اپنی جستجو کو لگام نہیں دے سکتے۔ آپ ایک خرگوش کے سامنے بے بس ہو جاتے ہو۔ اور یہ احساس آپ کو مارے دیتا ہے۔

یہ احساس ہمیں زندگی بھر مارتا ہے۔ ہم میں سے بہت کم ایسے ہوں گے جو اس خرگوش کے پیچھے واقعی بھاگ پاتے ہوں گے۔ میں یہاں ان کی بات نہیں کروں گا کہ قصہ لمبا ہو جائے گا۔ وہ لوگ کئی مرتبہ بھاگتے ہوئے ایسی دنیاؤں میں جا نکلے جن کے خواب بھی بنی نوع انسان کو سزاوار نہیں مگر شاہراہِ زندگی کے کنارے تعفن زدہ گڑھے بھی انہی جیسوں کے جسموں سے بھرے ہیں۔ ان کی بات رہنے دیں کہ بہت لمبی ہو جائے گی۔ ہم آج ان کی بات کرتے ہیں جو بھاگ نہیں پاتے اور اس خواہش کو اپنے اندر سے نکال بھی نہیں سکتے۔ یہ لوگ زندہ رہ کر بھی جی نہیں پاتے اور موت آنے پر مر نہیں پاتے کہ موت تو زندگی کو آتی ہے۔ میں نے نہیں سنا کہ کبھی موت ان جسموں پر اتری ہو

جنہیں گدھ اور گیدڑ بھنبھوڑتے ہوں۔ کبھی کبھی مجھے لگتا ہے جیسے یہ گدھ قبیل کے جاندار بڑے بزدل ہوں۔ یہ موت سے اتنا ڈرتے ہوں کہ ان جسموں کے قریب بھی نہ پھٹکتے ہوں جہاں انہیں موت کا سامنا کرنے کا شائبہ بھی ہو۔

سوال یہ نہیں ہے کہ وہ خرگوش یہاں کیوں ہے؟ وہ تو "اُس" کی مرضی۔ اُس نے تو ڈھکے چھپے بغیر ہی بول ڈالا ہے کہ یہ دنیا ہے ہی دھوکہ اور فریب۔ سوال یہ نہیں ہے کہ اس کی خواہش ہی کیوں پیدا ہوتی ہے کہ خواہش کا بیج تو بہت پہلے لگایا جا چکا تھا۔ ہمارے بیج سے بہت پہلے۔ تو خواہش کی بات رہنے دیں۔ خواہش تو ہے اور رہے گی۔ مگر سوال یہ ہے کہ ہم اس شدید خواہش کے باوجود جا کیوں نہیں پاتے؟ یہ ہے اصل سوال۔ یہ ہے اصل وجہ ہمارے ناخوشی کی۔ یہ ہے وہ درد جو ہمیں بے قرار رکھتا ہے۔ ہم کہتے ہیں کہ ہم بڑے سائنسی لوگ ہیں۔ منطق کی زبان سمجھتے ہیں۔ تاریخ سے سبق سیکھتے ہیں۔ میں یہاں بڑی بات نہیں کرتا۔ میں اپنی بات کرتا ہوں۔ میں ایک عام انسان ہوں۔ مجھے عام انسان کی طرح ہی اس سوال کا جواب تلاش کرنا ہے۔

میری زندگی بڑی سیدھی ہے۔ میں نے کسی کو اس خرگوش کے پیچھے بھاگتے نہیں دیکھا۔ سچ کہتا ہوں۔ میں نے بہت بھرپور زندگی نہیں گذاری مگر میرے پاس میرے تجربات کا حصہ بہر حال ہے۔ میرے سکول کے دور سے لے کر آج تک جب میں چھتیس برس کا ہو چکا ہوں، میں بہر حال بہت لوگوں سے ملا ہوں۔ لوگ میرا ہمیشہ سے اہم موضوع بھی رہے ہیں اس لئے میں شاید عام لوگوں سے کچھ زیادہ ہی مشتاق انداز میں لوگوں کے بارے میں جاننے کی کوشش کرتا ہوں۔ اور میں پورے اعتماد سے کہہ سکتا ہوں کہ میں نے کوئی شخص نہیں دیکھا جو اس خرگوش کے پیچھے بھاگ کر دنیا چھوڑ گیا ہو۔ ہاں لوگ ہیں۔ ان کے سوالات بھی ہیں۔ ان کی آرزوئیں بعض اوقات تو اتنی زندہ ہو

جاتی ہیں کہ میں انہیں ان کے سروں پر منڈلاتے دیکھتا ہوں۔ کچھ اس طرح کہ آرزو کے سیاہ لبادے سے ان کے نظریں الجھ الجھ جاتی ہیں اور زندگی ان کے لئے جیسے دھندلانے لگتی ہے۔ لیکن وہ سب لوگ بہت اداس، بہت دکھی، بہت ناکام ہو کر بھی اس زندگی سے اوپر نہیں اٹھ سکتے۔ اور یہ عام زندگی ہمارے کائنات بنتی جاتی ہے۔ "اور تم کبھی کائنات کی حدوں سے باہر نہیں نکل سکو گے۔" یہ جملہ کائنات کی حدوں کے بارے میں صحیح ہو نہ ہو مگر دھوکے کی اس زندگی کے بارے میں بالکل ٹھیک ہے۔

اور سچ پوچھیے تو مجھے کوئی اعتراض بھی نہیں کہ لوگ کیا کرتے ہیں اور کیا سمجھتے ہیں۔ اگر مجھے ایک اعتراف کر لینے دیں تو میں کہوں گا کہ میرے نزدیک ان دوسروں کی بہت اہمیت نہیں ہے۔ یہ لوگ میں جن کے آگے بچھا جاتا ہوں۔ یہ لوگ جن کی ناراضی، جن کی محبت، جن کی محنت میری زندگی کا تانا بانا ہیں ان کی حیثیت بھی میرے لئے کچھ زیادہ نہیں ہے۔ گرچہ میں شاید یہاں خود کو بہت بہتر طور پر سمجھا نہ سکوں مگر میں کوشش کرتا ہوں کہ آپ ان کی زندگی کو میری نظر سے دیکھ سکیں۔ یہی شاید یہی میرے مسئلے کا حل بھی ہے۔ میں بہت دیر اندھیروں میں رہ چکا ہوں اور اب مجھے جس روشنی کی تلاش ہے اس کا آغاز اسی بات سے ہو گا کہ مجھے سچ بولنا ہو گا۔۔۔۔۔ اپنے آپ سے سچ۔ اگر میں آج بھی اپنے آپ سے سچ نہیں بول سکا تو پھر میں کبھی نہیں بول پاؤں گا۔

تو میں بتاؤں گا کہ یہ دوسرے لوگ میرے لئے کیا ہیں؟ میں نے ابھی کہا کہ میرے نزدیک ان کی بہت اہمیت نہیں ہے تو جھوٹ کہا۔ نہیں یہ غیر اہم نہیں ہیں۔ میں انہیں اہم سمجھتا ہوں۔ بہت اہم۔ یہ ایسے ہی ہے جیسے آپ کوئی ویڈیو گیم کھیل رہے ہو اور بہت مشکل مرحلہ ہے اور آپ کے پاس ایک نہیں کئی زندگیاں ہیں۔ گیم میں تو اکثر ایسا ہوتا ہے جب آپ کے پاس ایک نہیں کئی زندگیاں ہوتی ہیں۔ اب آپ ایک راستے پر

چلتے ہو اور بھوت آکر آپ کو مار دیتا ہے۔ آپ نئی زندگی شروع کرتے ہو۔ سب کچھ پہلے جیسا ہو جاتا ہے مگر ایک چیز اب کبھی نہیں ہو گی۔ آپ اب مختلف راستے پر چلو گے۔ وہی غلطی دوبارہ نہیں کرو گے۔ یہی ہے حقیقت ان دوسروں کی ہماری زندگیوں میں۔ یہ لوگ ہمیں ہر لمحہ یہ بتا رہے ہوتے ہیں کہ کیونکر ہم ایک بہتر زندگی گذار سکتے ہیں یا کیونکر فلاح پا سکتے ہیں۔ یہ دوسرے ہماری وہ زندگیاں ہیں جو خدا نے ہمیں دے رکھی ہیں بس ہم انہیں استعمال نہیں کر پاتے۔ ایک ہی زندگی کے بل پر کھیل جیتنے کی کوشش کرتے ہیں۔

ہماری چھوٹی سی زندگی ہے۔ بڑی fragile سی زندگی۔ یہ زندگی اتنی نازک ہے کہ ہماری ایک غلطی۔۔۔۔۔۔۔۔۔بس ایک چھوٹی سی غلطی جیسے کہ ٹیرس پر بے دھیانی سے اتنا آگے جھک جانا کہ اپنا بیلنس قائم رکھنا ممکن نہ ہو، یا پھر سڑک پار کرتے ہوئے کسی آتی بس کو دیکھ نہ پانا ہمیں ہمیشہ کے لئے زندگی سے محروم کر سکتے ہیں۔ ساٹھ سال کی زندگی ہمیشہ ایک لمحے کی غلطی یا بے دھیانی کی محتاج رہتی ہے۔ ایسے میں ہمیں بہت محتاط رہنا پڑتا ہے۔ ہم جب یہ جان لیتے ہیں کہ ہم ایک hostile دنیا میں رہتے ہیں تو ہم خود ہی اپنے آپ کو ڈھال لیتے ہیں۔ اس غلطی سے بچنے کے لئے ہر ممکن کوشش کرتے ہیں اور ایسے میں ہمارا سب سے بڑا ہتھیار ہوتا ہے دوسروں کے تجربے سے سیکھنا۔ ہم جب غنڈے بدمعاشوں کو گلی کی نکڑ میں مرتے دیکھتے ہیں تو جان جاتے ہیں کہ یہ راستہ ہمارے لئے نہیں ہو سکتا۔ ہم زندگی میں محفوظ راستے ڈھونڈ لیتے ہیں۔ ایک ہی راستے پر چلتے ہوئے آفس جاتے ہیں اور اگر کبھی کسی وجہ سے راستہ بلاک ہو اور ہمیں کسی انجانی سڑک سے جانا پڑے تو ہمارا جی گھبرانے لگتا ہے۔ جب تک کہ ہم اپنی پرانی سڑک پر نہیں آجاتے ہم پریشان رہتے ہیں۔

تو ہماری زندگی بڑی organized ہوتی ہے۔ ہمارا بچہ ایک دن سکول سے دیر سے

آئے تو ہم گھبرا جاتے ہیں۔ سیڑھیاں چڑھتے ہوئے ہماری سانسیں تھوڑی بے قابو ہوں تو ہم ڈاکٹروں کے پاس بھاگے جاتے ہیں۔ دفتر میں کوئی نیا صاحب آ جائے تو جی پریشان ہو جاتا ہے۔ اور یوں ایک محفوظ راستے پر چلتے ہوئے ہم خود کو کسی متوقع حادثے سے بچا پاتے ہیں۔ خیر ان حادثات کی بھی ایک اپنی زندگی ہوتی ہے۔ یہ کس طرح اپنے شکاروں کو ڈھونڈ لیتے ہیں یہ بالکل ہی دوسری کہانی ہے مگر وہ پھر کبھی سہی۔

تو یہ محفوظ راستہ ہمیں ایک دوسری طرح کی آزادی سے روشناس کرواتا ہے۔ ایک تو آزادی وہ ہے جس کا تصور بچپن سے ہمارے ذہنوں میں انڈیلا جاتا ہے۔ ایک مادر پدر آزادی۔ مگر ایسی آزادی ایک خواب ہے جو کسی زندگی کو سزاوار نہیں۔ آزادی درحقیقت ایک خواب ہی ہے جس پر صرف ناسمجھ اور کم عمر لوگ ہی خوش ہو سکتے ہیں۔ یہاں جو جتنا جانتا ہے وہ اتنا ہی غلام بنتا جاتا ہے۔

ایک مکھی کو لیجئے۔ وہ اپنی تخلیق کے عمل کو نہیں جانتی لیکن بڑے اعتماد سے جئے جاتی ہے۔ ایک مکھی اپنے ملک اپنی قومیت کو نہیں جانتی مگر پھر بھی اسے سرحدوں کو عبور کرنے کے لئے کسی پاسپورٹ کی ضرورت نہیں پڑتی۔ ایک مکھی ہم سے زیادہ آزاد ہے کیونکہ وہ بہت سوچتی نہیں ہے۔ ہم اتنے ہی قید ہوتے چلے جاتے ہیں جتنا زیادہ ہم اس قید کے بارے میں سوچتے ہیں۔ کہیں ایسا تو نہیں کہ قید صرف ہمارے ذہن میں ہے؟

ایسا ہے نہیں۔ ایک مکھی کی بھی حدود ہیں۔ وہ بھی گلا سڑا گوشت تو کھا لیتی ہے لیکن سبز پتے نہیں کھا سکتی۔۔۔۔ ایسا کیوں ہے؟ وہی پتے جو لاکھوں دوسرے جانداروں کی غذا ہیں وہ ایک مکھی کو زندہ نہیں رکھ پاتے۔ تو وہ مکھی تب تک تو آزاد ہے جب تک وہ انہی چیزوں کو کھاتی رہے جو اس کے کھانے کے لئے بنی ہیں۔ وہ تب تک تو آزاد ہے جب تو وہ اپنے predators سے بچنے کے لئے ضروری حفاظتی تدابیر اختیار کرتی رہے (تدابیر جو

شاید پرانی مکھیوں نے تجربے سے سیکھیں اور سینہ بہ سینہ اس تک پہنچادیں یا پھر اس نے خود سیکھ لیں۔ ہم اس بحث میں نہیں جاتے) مگر یہ حقیقت ہے کہ وہ اپنی محدود آزادی کو صرف اسی صورت میں استعمال کر پاتی ہے اگر وہ اپنی قید کو سمجھ سکے۔

تو آزاد کوئی نہیں ہے سوائے اس کے جو اپنی قید کی حدود جانتا ہو۔ وہ شخص جو اپنی دنیا کو جانتا ہو صرف وہی آزاد ہے۔ ایک مچھلی اس وقت تک سمندر میں گھومنے میں آزاد ہے جب تک کہ وہ ساحل کو نہ چھولے۔ آزادی کے اس خواب سے ایک تصور جنم لیتا ہے۔ آزادی سے نہیں کیونکہ آزادی تو کہیں نہیں ہے۔۔ ایک ایسے وجود کا تصور جو ہر شئے سے آزاد ہے۔ جب ہمارا ذہن بڑے آرام سے اسے سوچ سکتا ہے۔ تو پھر کیوں وہ ہو نہیں سکتا؟ یہ وہ سوال ہے جس نے بہت دیر ہم انسانوں کو تڑپایا ہے۔ آج جو بحث ہم سنتے ہیں کہ مذہب یا سائنس میں سے کون اس سوال کا جواب دے پائے گا تو مجھے کہنے دیں کہ مجھے دونوں ہی سے کوئی بہت امیدیں نہیں ہیں۔

سائنس نے اپنی حدود کو جان لیا ہے اور وہ ان حدود کے اندر خود کو مکمل آزاد سمجھنے لگی ہے۔ جیسے ایک بیل جسے رہٹ میں جوت دیا ہو وہ اس وقت تک خود کو آزاد سمجھتا ہے جب تک کہ وہ دائرے میں گھومتے رہنا پسند کرے۔ لیکن اگر وہ دائرے کو توڑنا چاہے تو ایک زنجیر اسے محسوس ہو گی اور اگر وہ محض رکنا ہی چاہے تو ایک چمڑے کا کوڑا اسکی کمر کو ادھیڑ دے گا۔ وہ شاید اپنی آنکھوں پر بندھے خولوں کی وجہ سے دیکھ تو نہ پائے مگر وہ جان جائے گا کہ وہ رک نہیں سکتا۔ وہ دائرے میں گھومنے کے سوا کہیں نہیں جا سکتا۔ تو سائنس وہ بیل ہے جو دائرے میں گھومتے ہوئے بھی خود کو آزاد سمجھتا ہے۔

اور ایک مذہب ہے جو سوچتا ہے کہ اگر وہ اس دائرے کو توڑ نہیں سکتا تو یقیناً اسے اسی کام کے لئے بنایا گیا ہو گا۔ وہ یقیناً کوئی اہم کام کر رہا ہو گا۔ اور ایسے میں اسے اپنے ہی

captive سے محبت ہو جاتی ہے۔ وہ اس کے مارے گئے کوڑوں پر لذت محسوس کرتا ہے۔ وہ اپنے استطاعت سے زیادہ سرعت سے چلنے کی کوشش کرتا ہے۔ یہ محبت کی باتیں ہیں۔ اور یہ دوسرا روپ ہے۔

میرے نزدیک یہ سوال اہم نہیں ہے۔ میرے نزدیک آزادی اہم نہیں ہے۔ کوئی فرق نہیں پڑتا کہ ہم کس راستے جاتے ہیں کیونکہ ہر راستے پر ہمیں ایک ہی سوال کا سامنا کرنا پڑے گا۔ ہر راستے کے اختتام پر ایک ہی خدا بیٹھا ملے گا۔ سوالات کی زبان بدل جاتی ہے۔ اگر آپ چین میں ہو تو چینی زبان میں پرچہ حل کرتے ہو، اگر ایران میں ہو تو فارسی میں ، سپین میں ہسپانوی اور امریکہ میں انگریزی میں۔ سوالات کی form مختلف ہے۔ جیسے ایک کسان سے پوچھے جانے والے سوالات کے تشبیہات اور استعارے اس کے ماحول سے اٹھائے جائیں گے تاکہ وہ سوال کو صحیح طرح سے سمجھ سکے جبکہ ایک ماہر فلکیات سے پوچھے جانے والے سوالات میں کائنات کی وسعتوں اور بلیک ہولز جیسے الفاظ لئے جائیں گے۔ سوالات کی relevance کی بات آئے گی۔ آپ ایک غریب سے دولت خرچ کرنے کا حساب نہیں لے پائیں گے اور امیر شخص بھوک کی حقیقت کو کبھی نہ سمجھ پائے گا۔ اور ایسے ہی سوالات بدلتے نظر آتے ہیں مگر ان سوالات کی اصل ایک ہے۔ ایک ہی خدا ہمارا حساب کرے گا تو حساب کا criterion بھی ایک ہی ہو گا۔ وہ بس ہمیں لگتا مختلف ہے۔

میری بات کو وہ لوگ زیادہ آسانی سے سمجھ سکیں گے جنہوں نے سفر کیا ہو یا زندگی کو ایک سے زیادہ جہتوں سے دیکھا ہو۔ شاید اسی لئے سفر کو علم حاصل کرنے کا بہترین ذریعہ قرار دیا گیا ہے۔ وہ لوگ میری بات سے اتفاق کریں گے کہ آپ کی زندگی خواہ کتنی بھی بدل کیوں نہ جائے بنیادی سوالات نہیں بدلتے۔ آپ اندرون سندھ کے ایک چھوٹے

سے گاؤں میں رہتے ہو۔۔۔۔۔۔ گاؤں جس میں سڑک دیکھے ہوئے آپ کو مہینے گذر جاتے ہیں۔ جہاں اتنے پیسوں میں لوگ پورا سال گذار سکتے ہیں جن میں شہر میں ہمارا ایک دن گزارنا مشکل ہوتا ہے۔ مگر محبت، نفرت، حسد، کینہ، مروت یہ سب الفاظ وہاں بھی ویسی ہی قدر رکھتے ہیں جیسی کہ شہروں میں۔

یہ بنیادی سوالات ہیں کیا؟ چلیں دیکھ لیتے ہیں۔ گرچہ مجھے کہنے دیں کہ انہیں دیکھنا آسان نہیں ہے۔ انہیں بڑے التزام سے ہماری زندگیوں میں کمیو فلاج کیا گیا ہے۔ اس خوبصورتی سے کہ یہ ہماری روزمرہ زندگی کا ایک حصہ ہی نظر آتے ہیں۔ لیکن جاننے والوں کی آنکھوں سے یہ کبھی پوشیدہ نہیں ہوئے۔ کہتے ہیں کہ پیرِ کامل کی ایک نظر سے آپ کے گرد ایستادہ ساری کائنات دھڑام سے نیچے آگرتی ہے۔ سچ بس اتنا ہے کہ حقیقت ان کے سامنے کھلی ہوتی ہے اور وہ جب اس کا پرتو ہمیں دکھاتے ہیں تو ہماری کائنات بدل جاتی ہے۔ ہمیں سمجھنا ہوگا کہ زندگی ہے کیا اور اس کا بنیادی سوال کیا ہے؟ اور آخر اس امتحان کی essence کیا ہے؟

اس کی essence خواہش سے نجات نہیں ہے جیسا کہ بدھا نے کہا تھا۔ کہ خواہش سے نجات تو ممکن ہی نہیں ہے۔ ایک ناممکن چیز زندگی کا مقصد نہیں ہو سکتی۔ بدھا کا راستہ صحیح تھا۔ وہ جس لگن سے منزل کی طرف جاتا تھا وہ اپنے آپ میں ایک معجزہ تھا مگر منزلیں محنت سے نہیں فضلِ الٰہی سے ملا کرتی ہیں۔ اسی لئے نبوت کوئی ایسی شئے نہیں جس کے اوپر کوئی استحقاق جتا سکے۔ کوئی محنت آپ کو اس منصب پر پہنچا نہیں سکتی۔ تو محنت کرنا انسان کا کام ہے اور reward خدا کا کام ہے۔ اس کی نشانیاں ہر طرف بکھری پڑی ہیں اور انہی سے وہ بہت سوں کو بھٹکا دیتا ہے اور بہت سوں کو سیدھا راستہ دکھاتا ہے۔ بدھا کی مثال اس مسافر کی ہے جس نے کسی شہر کے خواب میں برسوں سفر کیا ہو۔ ایک مسافر

جس کے پاس خلوص، ہمت اور استقامت سب کچھ ہو مگر جو شہر کو جانتا نہ ہو۔ اور پھر وہ برسوں کے بعد شہر کی فصیلوں تک جا پہنچے تو اسے اپنے سامنے پتھر کی فلک شگاف دیوار دکھائی دے۔ وہ اسے توڑ نہ پائے تو یہی سمجھ لے کہ میرا شہر آ پہنچا ہے۔ فصیلوں سے باہر بھی شہر کے آثار ہو سکتے ہیں۔ چند دکانیں جو آنے والے مسافروں کی سیوا کو کھلی ہوں، چند دفاتر وغیرہ۔ وہ اسے ہی شہر سمجھ کر بیٹھ جائے اور سامانِ سفر کھول لے۔ بدھا بہت دور تک پہنچا پر حقیقت کو نہیں پہنچ سکا۔

ایک دوسرے جوگی کا قصہ ہے۔ اور جوگی صرف وہ تو نہیں ہوتا جو لنگی پہنے ویرانوں میں بیٹھا ہو۔ اصل جوگی نفیس کوٹ پتلون اور بڑی بڑی کاروں میں ہمارے آس پاس گھومتے ہیں مگر ہم انہیں پہچان ہی نہیں پاتے۔ شاید وہ اسی لئے ایسے گھومتے ہیں کہ ہم انہیں پہچان نہ پائیں۔ اگر کوئی اپنے اوپر بڑے بڑے اشتہار لگائے پھرتا نظر آئے کہ میں بہت بڑا دانشور ہوں تو آپ اس کے بارے میں کیا سوچو گے؟ ایسے ہی جب میں بھبھوت رمائے جوگی دیکھتا ہوں تو مجھے ایک uneasy سا احساس ہوتا ہے۔ جب کہ اصل جوگی ہمارے اردگرد ہوتے ہیں۔ وہ جو خالق کی اصل منشا جاننے کی کوشش کر رہے ہوتے ہیں۔ وہ جو اسے پہچاننا چاہتے ہیں وہ بھلا اداس اور گم کردہ راہ اور گندے کیونکر ہو سکتے ہیں۔ یہ لوگ تو ہمارے اردگرد ہوتے ہیں اور ہمیں کام کرتے نظر آتے ہیں کہ خالق کو اس کی کائنات کے ساتھ ہی پہچانا جا سکتا ہے۔ اور یہ لوگ ہمیں کائنات کے اندر ایسے ہی پیوست نظر آئیں گے کہ انہیں علیٰحدہ نہیں کیا جا سکے گا۔

تو یہ ایک جوگی کا قصہ ہے۔ ایک جوگی اور شہر خواہش کا۔ اس جوگی نے خواہش کو مارنے کے لئے بڑے جتن کئے۔ بڑی ریاضتیں کیں اور پھر اسے لگا کہ خواہشیں کم ہوتی جا رہی ہیں۔ یہاں تک کہ سب خواہشیں ختم ہوئیں اور وہ اپنی جگہ سے اٹھا کہ کامیاب ہو گیا

مگر اسے نجانے کیوں ابھی کامیابی کا احساس نہیں ہو رہا تھا۔ کچھ تھا جو اسے بتا رہا تھا کہ وہ ہار گیا۔ اس نے دل کو ٹٹولا تو وہاں اب چھوٹی چھوٹی خواہشات تو نہ تھیں مگر اب ایک اژدہے جیسے خواہش پھنکارتی تھی۔۔۔۔۔۔۔ خواہشات کے مٹ جانے کی خواہش۔ یہ بھی تو ایک خواہش ہی تھی نہ۔ کیا چیز تھی جو اسے دوسروں سے مختلف بناتی تھی۔ نہیں سچائی کہیں اور تھی۔ ہم بھاگ نہیں سکتے۔ بھاگ سکتے ہیں تو کہیں پہنچ نہیں سکتے۔ اس خالقِ کائنات نے کوئی چیز بے مقصد نہیں بنائی۔ خواہش کا بیج اس لئے تو نہیں لگایا گیا کہ ہم اسے بن چاہے اپنڈکس کی طرح جسم سے نکال کر پھینک دیں۔ یہ یقیناً ایک امتحان ہے اور بہت سخت امتحان ہے مگر امتحانوں سے بھاگا نہیں جاتا۔

تو ہمارے اس جوگی نے ایک شہر کا خواب دیکھا۔ شہر کبھی بھی انسانوں کے رہنے کے لئے نہیں بنائے گئے (تبھی تو انسان کبھی ان میں رہتے ہوئے وہ serenity نہیں محسوس کر سکتے جو وہ گاؤں یا دور دراز کے علاقوں میں محسوس کرتے ہیں)۔ شہر اصل میں ایک ایسا قلعہ تھا جہاں خواہشات کو لا بھرا گیا تھا۔ یہاں ہر خواہش پوری کی جاتی ہے اور پھر جیسے کوئی دریا پر رہتا ہے تو اس کی طبیعت پانی سے سیر ہو جاتی ہے شہر میں رہنے والے بھی آہستہ آہستہ خواہش سے سیر ہونا شروع ہو جاتے ہیں۔ جب صحراؤں کا بھٹکا پہلی بار دریا کنارے پہنچتا ہے تو وہ پاگلوں کی طرح پانی پیتا ہے۔ کئی مرتبہ پانی پی پی کر مر بھی سکتا ہے۔ مگر وہ کچھ دن یہاں رہے گا تو سب سمجھ جائے گا۔ یہی اس جگہ کا دستور ہے۔ یہی خواہش نگر کی داستان ہے۔ یہاں خواہشات کی تکمیل یا پھر تکمیل کا خواب انڈیل دیا جاتا ہے اور لوگ خواہش سے بلند ہو کر زندگیاں گذارتے ہیں۔ صرف چند ایک رشی منی نہیں بلکہ عام لوگ۔ یہ جوگی اور رشی منی لوگ اپنی اپنی تپسیا میں یہ بھول جاتے ہیں کہ زندگی صرف انہوں نے نہیں گذارنی ہوتی بلکہ سب نے گذارنی ہوتی ہے اور صحیح راستہ

وہی ہو سکتا ہے جہاں سے سب اسی جگہ پہنچ سکیں جہاں پہنچنا ہے۔ اور ایسا راستہ صرف خواہش نگر سے ہو کر ہی جاتا ہے۔

انسانیت شعوری طور پر ابھی اتنی بالغ نہیں ہوئی جتنی لاشعوری طور پر ہے اور یہی وجہ ہے کہ ہم خواہش سے فرار کی بے پناہ آرزو کے باوجود اس راستے پر نہیں چلتے کہ وہ بقا نہیں فنا کا راستہ ہے۔ ہاں وجدان اور شعور کے بیچ فاصلہ ہمیں دکھی رکھتا ہے۔ لیکن مجھے لگتا ہے کہ یہ دکھ، یہ بے چینی بڑے بڑے بزرگوں کو ملنے والے نروان سے بہر حال بہتر ہے۔

☆☆☆

## گھاس کھانے والے شیر

بہت مدت ہوئی کسی جنگل میں ایک جوگی کا گذر ہوا۔ جنگل کہ اتنا گہرا تھا کہ کبھی کبھار تو اس کی شاخوں کو توڑتے ہوئے آگے بڑھنا پڑتا تھا اور کئی مرتبہ تو سورج کی روشنی دیکھنے کے لئے بھی اسے کئی کوس چلنا پڑتا۔ لیکن وہ خوش تھا۔ ایسی ہی جگہ پر وہ خدا کو پا سکتا تھا۔ نجانے کس نے اسے یقین دلا دیا تھا کہ خدا سر گوشیوں میں باتیں کرتا ہے جنہیں سننے کے لئے آپ کو ہر آواز، ہر آہٹ سے بہت دور جانا پڑتا ہے۔ کاش وہ جان پاتا کہ کسی شئے میں اتنی طاقت نہیں کہ وہ خدا کی آواز کو دبا سکے۔ خدا جب بولتا ہے تو ہر شئے ساکت ہو جاتی ہے اور وہ پیغام دل میں پہنچ جاتا ہے جسے پہنچانا مقصود ہوتا ہے۔ اور یاد رکھیئے کہ خدا بولتا ہے ہر وقت بولتا ہے۔ یہ پوری کائنات اس کی ہم سے گفتگو ہی تو ہے۔ بس وہ ہم سے بہت زیادہ بلیغ زبان میں گفتگو کرنے پر قادر ہے۔ وہ استعارے نہیں دیتا مثالیں سامنے کھڑی کر دیتا ہے۔ وہ تشبیہات نہیں پیش کرتا پورے پورے پہاڑ سامنے لے آتا ہے۔ ہم اس کی کائنات سے نظریں چرا کر اسے پا نہیں سکتے۔

پر یہ بات وہ جوگی نہیں جانتا تھا۔ وہ جوگی کسی زمانے میں ایک نارمل زندگی گذارتا تھا پھر کچھ ہوا کہ اس کے دل کی دنیا بدل گئی۔ اپنی پیاس کے پیچھے وہ شہر شہر، گلی گلی، گاؤں گاؤں، صحر اصحر اگھوما، فطرت کو دیکھا، وقت کو قلقاریاں مارتے بچے کی طرح ہنستے دیکھا اور پھر ایک بہت بڑے علم کو اپنے سینے میں دبائے اس جنگل میں آن پہنچا۔ اسے لگتا تھا کہ جیسے اس کی تلاش اب تمام ہوئی۔ اب وہ کچھ دیر تک خاموشی سے بیٹھ کر کسی کونے میں

اپنے زندگی کو اس طرح بہتے دیکھ سکے گا جیسے کہ اسے دیکھنے کا حق ہے۔ وہ وہیں ایک جھیل کنارے وہ اپنا آسن جما کر بیٹھ گیا۔ پانی پینے کے لئے آنے والے جانور اسے حیرت سے دیکھتے کہ یہ کون ہے جو ہم جانوروں کے بیچ آن بیٹھا ہے اور ہم سے زیادہ جانور ہے کہ اس کی حاجتیں تو ہم سے بھی کم ہیں۔ کم از کم ہمیں سائے، پانی، خوراک کی طلب تو ہوتی ہے۔ یہ تو ہر شئے سے ہی بے نیاز بیٹھا ہے۔ انہیں لگا کہ ہو نہ ہو یہ ضرور کوئی بہت پہنچا ہوا بزرگ ہے۔ ہمیں ضرور اس سے کوئی سوال پوچھنا چاہیے تا کہ ہم بھی زندگی کی بڑی حقیقت سے جڑ سکیں۔

ایک دن ایک بوڑھا ہرن ہمت کر کر اس کے پاس پہنچ گیا اور اس سے سوال کیا

”کیا تم بتا سکتے ہو کہ میں کون ہوں؟“

”تو ہرن ہے۔۔۔۔ ایک کمزور، گھاس کھانے والا جانور جس کی زندگی کا مقصد شیر، بھیڑیوں کی خوراک بننا ہے“ یہ کہ کر جوگی نے پھر سے آنکھیں بند کر لیں۔ ہرن بے یقینی سے اسے دیکھا رہا جیسے کہتا ہو کہ ”یہ تو نے کیا بات کہ دی؟ یہ بھلا کوئی جینے کا مقصد ہوا۔ میں کیوں دوسرے جانوروں کی غذا بنوں۔ اور میں کیوں بھلا صرف گھاس پھوس پر زندہ رہوں۔ جوگی یقیناً جھوٹ بولتا ہے۔ مجھے تو اس کی بات میں کوئی سچائی نظر نہیں آتی۔
“

وہ جوگی سے مایوس ہو کر اپنے ساتھیوں کے پاس گیا اور انہیں کہنے لگا کہ یہ نیا جانور تو بالکل ہی عقل سے پیدل ہے۔ فرماتا ہے کہ میرا مقصد محض شیر، بھیڑیوں کی خوراک بننا ہے۔ مجھے تو یہ ان خونخوار درندوں کا ایجنٹ لگتا ہے جو اس موقع کی تاک میں رہتے ہیں کہ ہم پر حملہ کر سکیں۔ ایسے میں ایک بندر جو درخت پر سے یہ ساری گفتگو سن رہا تھا بولا کہ مجھے جانے دو کہ میں اسے آزماتا ہوں۔ کہ وہ اجنبی ہے اور بظاہر بڑا بے ضرر دکھائی دیتا

ہے۔ ہمیں اس ایک موقع اور دینا ہی چاہیے۔ وہ گیا اور اس نے بھی وہی سوال کیا

''میں کون ہوں''

''تم ایک بندر ہوں۔ ساری زندگی اس طرح گذارو گے کہ تمہارا جسم زمین سے جڑا ہو گا مگر زمین پر نہ ہو گا۔ تم آسمان کے خواب میں ہوا میں معلق رہو گے۔''

بندر شرمسار ہو گیا اور کھسیا کر بولا ''یہ یقیناً جھوٹا ہے۔ اس کے پاس کسی بھی سوال کا کوئی جواب نہیں ہے۔ ایک ہی سوال کے دو مختلف جواب دیتا ہے۔ ''میں کون ہوں'' کہ جواب میں کبھی تو کہتا ہے کہ جواب ہرن ہے اور کبھی کہتا ہے کہ جواب بندر ہے۔ بھلا بتاؤ سچ بھی کوئی شئے ہوتا ہے یا نہیں۔۔۔۔۔۔ میں تو کہوں یہ شخص اس سے بھی کہیں خطرناک ہے جتنا ہم اسے پہلے سمجھے تھے۔ یہ تو ہم میں تفرقہ پھیلانا چاہتا ہے۔''

جب شور زیادہ بڑھا تو جوگی نے آنکھیں کھولیں اور ان سے پوچھا۔ اگر تمہیں میرا جواب پسند نہیں ہے تو تم خود کیوں نہیں اس سوال کا جواب دے دیتے۔

سب جانور ایک دوسرے کا منہ دیکھنے لگے۔ ایسے میں ایک بھینسا بولا

''مجھے سوال کا جواب مل گیا ہے۔ جو تمہارے جواب سے زیادہ منطقی اور سچا ہے۔ بلکہ سچ کہوں تو میں نے یہ جواب ڈھونڈا نہیں بلکہ کسی بالاتر ہستی نے اسے میرے دل پر القا کیا ہے۔''

''مگر جواب ہے کیا؟''

''جواب ہمارے سامنے ہی تھا مگر ہم کبھی جان ہی نہیں پائے۔ سچ یہ ہے کہ ہم سب شیر ہیں۔''

''کیا؟ مگر پھر تم گھاس کیوں کھاتے ہو۔'' جوگی نے حیرت سے پوچھا۔

''یہی تو تم لوگوں کا المیہ ہے۔ تم لوگ سچ جان ہی نہیں سکتے۔ ارے بھائی یہ تو

صدیوں کی نا انصافی ہے۔ ہمیں علیٰحدہ علیٰحدہ خانوں میں بانٹنے کی کوشش کی گئی ہے۔ مگر اب ہم سچائی جان گئے ہیں اور ہم خود کو بدل ڈالیں گے۔"

"پر کیسے؟"

"اس پر یقین رکھو۔ جو ہمیں سچائی تک لایا ہے وہ راستہ بھی دکھائے گا۔ تم بولو کہ ہماری بات پر یقین رکھتے ہو یا نہیں۔"

"میرے یقین رکھنے نہ رکھنے سے کیا فرق پڑے گا۔ تم تو پھر بھی گھاس ہی کھاؤ گے نہ۔"

"اگر تم یقین نہیں لاؤ گے تو ہمیں تمہیں قتل کرنا پڑے گا۔ ہمیں پرانے استعمار کی ساری نشانیوں کو ختم کرنا ہو گا۔"

جنگل کے سارے جانور اس پر یقین لے آئے اور یہ یقین اتنا گہرا تھا جس نے گھاس کھانے والے جانوروں میں ایک لازوال اتحاد کی بنیاد ڈال دی۔ یہ اتحاد اتنا گہرا تھا کہ اب کوئی predator انہیں کھا نہیں سکتا تھا۔ انہوں نے ویسے بھی سب گوشت خوروں کو بتا دیا کہ اگر وہ اپنے گوشت کھانے کی ہوس کو کنٹرول نہیں کر سکتا تھا تو پھر اسے زندہ رہنے کا کوئی حق نہیں تھا۔ اس جنگل کے قوانین اتنے ہی سخت تھے۔ پھر ایک وقت آیا جب جنگل کے سارے شیر مارے گئے اور جنگل میں صرف گھاس کھانے والے ہرن زندہ رہ گئے۔ ہاں البتہ اب انہیں ہرن کوئی نہیں کہتا کیونکہ وہ شیر ہیں اور انہیں ہرن کہنے والے ہر بیوقوف کو وہ ختم کر چکے ہیں۔

# ایک شاعر تھا۔۔۔

ایک شاعر محبت اور حسن کی حکایات لکھتا تھا۔ اس کے خیالات اتنے نرم و نازک تھے کہ سرو سمن ان کے سامنے شرماتے تھے اور اس کی سوچ اتنی بلند تھی کہ کوئی پرند وہاں تک پرواز کا خواب بھی نہیں دیکھ سکتا تھا۔

ایک دن خدائے بزرگ و برتر نے اس شاعر کو اس کے پر تعیش مکان سے نکال کر گندی تعفن زدہ گلیوں میں لا پھینکا۔ وہ گلیاں جہاں کھانے کے لئے اسے کتے بلیوں اور اپنی ہی قبیل کے دوسرے انسانوں سے مقابلہ کرنا پڑتا تھا۔ اس کے کپڑے پھٹ کر چیتھڑے بن گئے اور جسم میں جوئیں بسنے لگیں۔

ایسے میں ایک مسکراہٹ کے جلو میں ندا آئی

"اب کہو محبت کا ترانہ۔ اب کہو عشق کی حکایات۔ اب ڈوبو عشقِ حقیقی کے سمندر میں اگر تم سچے ہو۔"

شاعر نے بے بسی سے خود کی طرف دیکھا اور سجدے میں گر گیا۔ وہ شاعر نہیں تھا وقت نے اسے شاعر بنایا تھا۔ اس میں اس کی اپنی کوئی خوبی نہیں تھی۔ اس نے ہاتھ اٹھا دیے کہ پروردگار نہیں لکھ پاؤں گا۔

"یہ تھی تمہاری محبت کی حقیقت؟ یہ تھی تمہارے عشق کی انتہا؟ اب اٹھو اور ثابت کر دکھاؤ کہ تم واقعی روحِ ازل کے نور میں ڈوب کر لکھتے تھے۔ اب پہنچو عشقِ حقیقی تک اگر تم سچے ہو"

شاعر نے عشق نہیں کیا۔ وہ کر بھی نہیں سکتا تھا۔ ہاں لیکن اس نے بغاوت کے ایسے ترانے لکھے جنہوں نے پوری سلطنت میں آگ لگا دی۔

☆☆☆

# ایک گھنٹہ

وہ ہر لحاظ سے ایک نارمل لڑکا تھا۔ ذہین، صحت مند، خوبصورت اور پر امید۔ لیکن وہ نارمل نہیں تھا۔ مگر اس سے پہلے کہ میں آپ کو اس لڑکے کی کہانی سناؤں میں اپنے پیشے کا ایک چھوٹا سا راز بتانا چاہتا ہوں۔

حقیقی معنوں میں یہ لفظ نارمل ایک دھوکا ہی ہے۔ نارمل کوئی نہیں ہوتا۔ دنیا میں ارب ہا لوگ گھومتے ہیں اور ہزاروں لوگوں کا احوال تاریخ کی کتابوں میں درج ہے پر یقین کریں کہ ان میں سے ایک شخص بھی نارمل نہیں تھا۔ یہ لفظ در حقیقت ایک فسانہ ہے جو ہم نے کم علمی کو چھپانے کے لئے گھڑ رکھا ہے۔ آپ بھی سوچ رہے ہونگے کہ ایسی توجیہہ گھڑنے سے بھلا کوئی کیسے مطمئن ہو سکتا ہے؟

آپ ایسا سوچ سکتے ہیں کیونکہ آپ ایک معالج نہیں ہیں۔ اور یہاں معالج سے مراد میری طرح ماہرِ نفسیات ہونا ضروری نہیں ہے۔ آپ کسی بھی شعبے سے تعلق رکھتے ہو۔ ایلو پیتھک، ہومیو پیتھک، روحانی طریقہ علاج، حکمت تو آپ میری بات سمجھ سکتے ہو کہ ایک فرضی بیماری کس طرح مریضوں کو مطمئن کرنے کی طاقت رکھتی ہے۔

یہ مریض جب آپ کے پاس آتے ہیں تو ان کی آنکھوں میں ایک امید ہوتی ہے۔ ان کے کان منتظر ہوتے ہیں کہ ہم معائنے کے بعد انہیں کسی بیماری کا مژدہ سنا سکیں۔ اگر یہاں آپ مریض کو جانچنے کے بعد کہتے ہو کہ نہیں میاں تم تو بھلے چنگے ہو تو یقین کیجئے کہ ان کے اندر بہت اداسی پھیل جائے گی۔ گرچہ بہت ممکن ہے کہ بظاہر وہ بہت خوشی کا

اظہار بھی کریں مگر میں آپ کو یقین دلاتا ہوں کہ وہ خوشی بڑی کھوکھلی ہوتی ہے۔ وہ بس مروت کا اظہار کر رہے ہوتے ہیں۔ وہ ظاہرا خوشی دکھاتے ہیں مگر دل کے اندر ہماری نالائقی پر تین حرف بھیج رہے ہوتے ہیں۔


اور وجہ یہی ہے کہ لوگ ڈاکٹروں کے پاس اس لئے نہیں جاتے کہ انہیں سجے سجائے دفاتر کو دیکھنے کی آرزو ہوتی ہے یا پھر وہ عمدہ سوٹ پہنے کسی پر وقار سے شخص سے ملنا چاہتے ہیں۔ نہیں جناب! وہ لوگ اپنا قیمتی وقت نکال کر یہاں آئے ہیں۔ انہوں نے بہت دیر تک ویٹنگ روم میں انتظار کیا ہے۔۔۔۔۔ اور یہ سب اس لئے کہ انہیں کوئی مسئلہ درپیش ہے۔ کچھ ایسا جسے وہ سمجھ نہیں سکتے بس چند نشانیاں ان پر ظاہر ہوتی ہیں۔ کسی کو سر کے پچھلے حصے میں درد ہے، کسی کے بازو سن ہوئے جاتے ہیں، کوئی پیٹ میں کنکھجورے رینگتے محسوس کرتا ہے۔ وہ سب بہت گھبرائے ہوئے ہوتے ہیں کیونکہ ان کی سمجھ میں کچھ نہیں آ رہا ہوتا۔ تو وہ سمجھتے نہیں ہیں مگر یہ جو کچھ بھی ہے ان کا اپنا ہے۔ وہ اپنے ان دیکھے دشمن کے ساتھ گویا ایک Peaceful co-existence میں رہ رہے ہوتے ہیں۔ یہ تو وہ بھی جانتے ہیں کہ جو وہ محسوس کرتے ہیں ویسا ہے نہیں۔ انہیں مکمل یقین ہے کہ ان کے پیٹ میں کوئی کنکھجورا نہیں ہے مگر کچھ ہے۔ اور ایسے میں ایک توجیہہ کہ یہ سب کوئی بیماری ہے اور اسے دور کیا جا سکتا ہے خاصی طمانیت خیز چیز ہوتی ہے۔ اب ایسے میں اگر ڈاکٹر انہیں بتائے کہ وہ بھلے چنگے ہیں انہیں کوئی بیماری نہیں ہے تو وہ اندر سے لرز جاتے ہیں۔ ایک بہت بڑا سوال ان کی روح میں در آتا ہے۔

"تو میں بالکل ٹھیک ہوں۔ ڈاکٹر یہی کہتا ہے۔ پر اس کا یہ مطلب تو نہیں کہ میں تکلیف میں نہیں ہوں۔ اس کا تو صرف یہ مطلب ہے کہ میرے مرض کا علاج اس کے

پاس نہیں ہے۔'' تکلیف ایک حقیقت ہے اور اب بدلا صرف یہ ہے کہ اسے علاج کے لئے کوئی اور در کھٹکھٹانا پڑے گا۔ مختلف مہاتریوں اور عطایوں کے ہتھے چڑھنا پڑے گا۔ کتنا اچھا ہو تا کہ کوئی بیماری نکل آتی اور چند دنوں کی کڑوی کسیلی دواؤں کے بعد وہ صحت یاب ہو جاتا۔

ایسے لوگوں کی امید نہ ٹوٹے اسی لئے معالجین نے چند اہم اصطلاحات وضع کر لیں۔ انہوں نے فرضی بیماریوں اور بے ضرر دواؤں سے علاج کا ایک ingenious طریقہ نکالا ہے۔ اب آپ کو کوئی بھی ڈاکٹر یہ کہتا نہ ملے گا کہ آپ کو کوئی بیماری نہیں ہے۔ نہیں جناب یہ جملہ اب متروکات میں شامل ہے۔ آپ کسی بھی معالج کے پاس چلے جائیں تو وہ تھوڑی ہی دیر میں آپ کے مرض کی تشخیص کر ڈالے گا۔ یا پھر ٹیسٹ پر ٹیسٹ تجویز کرتا رہے گا تا کہ امید کا دامن نہ چھوٹے۔

لیکن در حقیقت یہ ایک دھوکہ ہے۔ حقیقت یہی کہ ہم سب بہت مختلف ہیں۔ ایک اندھا شخص بھی اتنا ہی مکمل ہے جتنے ہم سب آنکھوں والے۔ ہم بیمار ہیں تو صرف relative term میں۔۔۔۔۔ ایک بیمار معاشرے میں اپنی فعالیت کے لحاظ سے۔ وگرنہ ایک صحت مند معاشرہ تو وہی ہوتا ہے جو ہر ایک سے ان کی اہلیت کے مطابق حاصل کر سکے۔

پر ہم یوٹوپیا میں نہیں رہتے۔ یہاں حساب مختلف ہے۔ یہاں سب کو ایک ہی سانچے میں ڈھالنے کی کوشش کی جاتی ہے۔ ایسے میں نارمل انسان جیسا فکشن سامنے لایا جاتا ہے اور سب کو ضروری کانٹ چھانٹ یا مناسب اضافوں کے ساتھ اس میں ڈھالنے کی کوشش کی جاتی ہے۔

بات بہت دور نکل گئی۔ مجھے تو اس لڑکے کی کہانی سنانی ہے جسے میرے سامنے لایا گیا

تھا اور مجھے تو اس میں کوئی کمی نظر نہیں آتی تھی۔ وہ تیرہ چودہ سال کا ایک صحت مند لڑکا تھا جو سلیقے سے بنائے ہوئے بالوں اور فیشن ایبل کپڑوں میں خاصا سلجھا ہوا نظر آرہا تھا۔ بس اس کی آنکھوں میں ایک گونہ لاتعلقی تھی۔ پر یہ اتنی عجیب بات نہیں تھی کیونکہ نفسیاتی معالج کے پاس لائے گئے مریض تھوڑے defensive تو وہ ہوتے ہی ہیں۔ انہیں لگتا ہے کہ شاید ہم کسی جادوئی طریقے سے ان کے ذہن میں جھانک کر ایسی چیزیں نکال لائیں گے جنہیں وہ نجانے کب سے چھپائے بیٹھے ہیں۔ میں مانتا ہوں کہ یہ ایسا جھوٹ بھی نہیں ہے۔ پر ہم کوئی حقیقی طاقت نہیں رکھتے۔ ہمارے طریقہ بہت سادہ ہے۔ ہم نے اپنے مریضوں کو خوفزدہ کرنے کے کچھ طریقے سیکھ رکھے ہیں۔ ہم بس bluff کرتے ہیں ،انہیں ڈراتے ہیں کہ ہم ابھی ان کے راز تک پہنچ جائیں گے (راز جو اتنا مقدس ہوتا ہے کہ وہ خود بھی اسے نہیں جانتے۔ راز جو لاشعور کی پاتال گہرائیوں میں چھپا رہتا ہے)۔ وہ بیچارے سہم جاتے ہیں اور اپنے اندر اس متاعِ عزیز کو مضبوطی سے بھینچ لینے کی ناقابلِ برداشت urge محسوس کرتے ہیں۔ وہ اس جستجو میں اسے ذہن کے نہاں خانوں سے نکال کر شعور میں لے آتے ہیں۔ جیسے کوئی بس میں بیٹھ کر بار بار جیب تھپتھپا کر یقین کرتا رہے کہ بٹوہ موجود ہے یا نہیں۔ اسے خبر ہو یا نہ ہو پر بس میں موجود ہر شخص بٹوے میں چھپی کسی بڑی رقم کی موجودگی محسوس کر لیتا ہے۔ ایسے میں تو تائب ہونے والے جیب کترے کو بھی بار بار خود سے لڑنا پڑتا ہے کہ وہ کیونکر ایسا سنہرا موقع ہاتھ سے جانے دے۔ اگر وہ جیب کاٹتا ہے تو خود سے کیا وعدہ توڑتا ہے اور اگر نہیں کاٹتا تو اپنی ہی نظروں میں بیوقوف ٹھہرتا ہے۔ پھر وہ نہیں تو کوئی اور تو یہ جیب کاٹ ہی لے گا۔ ایسے بہت سے سوالات بس میں چکراتے رہتے ہیں۔

تو ہمارے مریض بھی اپنی پوشیدہ حقیقتوں کو ایسی جگہ لے آتے ہیں جہاں وہ نگاہوں

سے او جھل نہیں رہ سکتیں۔ تو ہماری کامیابی اسی خوف میں مضمر ہے جو ہم ان میں پیدا کرتے ہیں۔

یہ سب سطحی باتیں ہیں کہ نفسیاتی معالج اپنے مریض کا اعتماد حاصل کرنے کی کوشش کرتے ہیں۔ اعتماد کیسا؟ وہ جانتے ہیں کہ آپ ان کے دوست نہیں ہو۔ بے غرض نہیں ہو۔ آپ کو ان کے خوابوں اور آرزوؤں سے کوئی مطلب نہیں ہے۔ وہ آگاہ ہیں کہ آپ ان کی سب سے قیمتی متاع کے پیچھے ہو۔ وہ اتنے بیوقوف نہیں ہیں کہ آپ پر اعتماد کر سکیں۔ وہ بھی ایک کھیل کھیل رہے ہیں۔ جیسے آپ ان کا اعتماد جیتنے کے لئے خود کو بڑا ہمدرد، بڑا محبت کرنے والا ظاہر کرتے ہو بعینہ ویسے ہی وہ اتنے خلوص کا مظاہرہ کرتے ہیں۔ جیسے واقعی آپ پر یقین کر بیٹھے ہوں۔ it's a game of intense flirtation اور جیتتا وہی ہے جسے اپنے اعصاب پر زیادہ کنٹرول ہوتا ہے۔

تو یہ اس کی آنکھوں کی لاتعلقی نہیں تھی بلکہ وہ چہرہ تھا جو کسی مضبوط قلعے کی طرح ہر طرف سے unapproachable تھا۔ اور پھر وہ واقعہ جو اس کی ماں نے سنایا تھا وہ بھی عام تجربے میں آنے والا نہیں تھا۔ وہ واقعہ بظاہر ایک چھوٹا سا بے ضرر incident نظر آتا تھا مگر اس کی پڑھی لکھی ماں اس میں مضمر خطرات بھانپ گئی تھی۔ اسی لئے انہوں نے فوراً چند ماہرینِ نفسیات سے رجوع کیا پر apparently انہیں کوئی کامیابی نہ ہو سکی۔ میں نے جانتا کہ کس نے اس کی ماں کو میرے بارے میں بتایا مگر تب میں نیا نیا اس شہر میں اپنا کام شروع کر رہا تھا اور ایسے میں کوئی ناکامی afford کرنا میرے لئے ممکن نہیں تھا۔ ہمارے کام میں تو بس reputation ہی سب کچھ ہوتی ہے۔

ماں کے خیال میں وہ ایک غیر معمولی ذہانت اور صلاحیتوں کا بچہ تھا لیکن وہ اس کے لئے بہت پریشان تھی۔ اتنی پریشان تو میں نے لوگوں کو آپریشن تھیٹر کے باہر بھی نہیں

دیکھا تھا۔

”میرے husband تو کہتے ہیں کہ یہ چھوٹی بات ہے۔ بچے ایسا کر ہی سکتے ہیں۔ پر مجھے پتہ ہے کہ یہ بہت اہم ہے۔ ایسا ایک واقعہ ہماری پوری زندگی کا رخ بدلنے کی اہلیت رکھتا ہے۔۔۔۔۔ میرا بیٹا ایک winner ہے۔ He is always been a winner۔ لیکن آپ جانتے ہیں کیا ہوا؟ وہ ریس میں دوسری پوزیشن پر آیا ہے۔“

مجھے لگا کہ بیٹے کی فکر چھوڑ کر مجھے ماں کا علاج کرنا چاہیے۔ اتنی سی بات پر اتنا ہنگامہ؟ اس سے پہلے کہ میں کچھ کہتا وہ پھر بول پڑی۔

”نہیں نہیں۔۔۔۔۔ ڈاکٹر صاحب اتنی جلدی کوئی رائے قائم نہیں کیجئے۔ میں بیوقوف نہیں ہوں۔ یہ دوسری پوزیشن کی بات نہیں بلکہ اس کا وہ اقدام ہے۔۔۔۔ وہ جیت رہا تھا۔ بڑے آرام سے جیت رہا تھا اور پھر آخری دس سیکنڈ میں جیسے اس نے بھاگنا چھوڑ دیا ہو۔ کچھ تھا۔۔۔۔۔۔ ڈاکٹر صاحب اس کے ذہن میں کچھ تھا جس نے اسے ایسا کرنے پر مجبور کیا۔ مجھے شکست کی پروا نہیں پر مجھے اس کی سوچ سے خوف آرہا ہے۔ وہ زندگی سے کیسے لڑے گا؟“

”Aren't you a little harsh on your child? ۔ ایسا بھی تو ہو سکتا ہے کہ وہ تھک گیا ہو؟“

”ایسا ہو سکتا تھا پر ایسی صورت میں میں یہاں آپ کے پاس نہ بیٹھی ہوتی۔ وہ میرا بیٹا ہے۔ میں اسے اچھی طرح جانتی ہوں۔ بات کوئی اور ہے۔ ایتھلیٹ تھکتے نہیں ہیں۔ وہ تو finish line کے بعد بھی بھاگے چلے جاتے ہیں۔۔۔۔۔ لیکن وہ جان بوجھ کر رک گیا۔ ڈاکٹر صاحب یقین کریں کہ کوئی بہت بڑی بات ہے۔ میں تو ڈر رہی ہوں۔“

مجھے اس کی بات پر بالکل بھی یقین نہیں تھا یہاں تک کہ میں نے اس لڑکے کو دیکھ

لیا۔ اسے دیکھ کر مجھے ایک عجیب سا احساس ہوا۔ جیسے کوئی ناقابلِ تسخیر قلعہ ہو۔ آپ اس کے ارد گرد گھومتے ہو کہ کوئی کمزور دیوار، کوئی رخنہ ڈھونڈ سکو پر ہر طرف سیسہ پلائی دیواریں ہیں۔ دیواریں جن میں نہ نظر آنے والی آنکھیں آپ پر ہنستی ہیں۔ اس کے اندر بھی کچھ ایسا ہی تھا۔

مجھے اپنا دل ڈوبتا ہوا محسوس ہوا۔ کوئی میرے اندر کہہ رہا تھا کہ تم یہ نہیں کر سکو گے۔ پر میں اپنا خوف کسی پر ظاہر نہیں کر سکتا تھا۔ جیسے دل کے درد میں مبتلا شخص کو لوگ اٹھا کر کسی عطائی کے پاس لے جائیں اور اس کے ہاتھ پاؤں پھول جائیں۔ اس نے بڑی محنت سے چند دواؤں کا استعمال سیکھ کر معاشرے میں اپنی ایک safe heaven بنا رکھی تھی اور اب اگر کچھ ہو گیا تو سب برباد ہو جائے گا۔ میری ناکامی بھی اس شہر میں میرا کاروبار متاثر کر سکتی تھی۔

یہاں میں بتاتا چلوں کہ میں اس شہر میں نیا ضرور تھا مگر I was no spring chicken۔ میں بہت سے مریضوں کا علاج کر چکا تھا۔ ان میں ایسی لڑکیاں تھیں جنہیں میرے پاس لایا گیا تو ان کے ہاتھ پاؤں عجب انداز سے مڑے تھے اور ان کے حلق سے جناتی آوازیں نکلتی تھیں لیکن میرے لئے وہ just another day on job تھا۔ پر یہاں کچھ مختلف تھا۔ جیسے کوئی شکاری اپنے سامنے بھاگتا ہوا شیر دیکھے تو اس کے جسم میں سنسنی بڑھ جاتی ہے۔ اسی split second کی سنسنی کے لئے تو لوگ شکار کھیلتے ہیں۔ وہ جانتے ہیں کہ درندہ لاکھ خونخوار سہی مگر گولی سے تیز نہیں بھاگ سکتا۔ تو وہ مطمئن ہوتے ہیں۔ پر اگر گھنے جنگل میں چلتے ہوئے کوئی بہت قریب سے درندے کی آواز سنے پر اپنے ارد گرد بے پناہ جھاڑیوں اور درختوں کی بدولت کچھ دیکھ نہ پائے تو خوف لازم ہو جاتا ہے۔ اب کچھ بھی ہو سکتا ہے۔ مقابلہ اب گولی کی رفتار اور درندے کی دوڑ کا نہیں آپ کا ہے

اور انسان اتنا طاقتور، اتنا پھر تیلا کہاں ہوتا ہے؟

وہ اب میرے سامنے بیٹھا تھا۔ مجھے اب اس سے کچھ کہنا تھا۔ مجھ سے پہلے اس سے یقیناً بہت کچھ پوچھا گیا ہو گا۔ میں اسے دیکھ کر بتا سکتا تھا کہ اس نے یقیناً بہت تحمل اور سکون سے سوالوں کا جواب دیا ہو گا۔ اس کے جواب لاکھ منطقی سہی مگر وہ بناوٹی تھے۔ وہ دل کو مطمئن نہیں کر سکتے تھے۔ ایسے میں میں اس سے کیا پوچھتا؟ میں unconventional انداز میں فوراً ہی مدعا پر آ گیا۔

"تم اس دن رک کیوں گئے تھے؟"

میں نے دیکھا کہ وہ تھوڑا سا کسمسایا۔ اسے یقیناً مجھ سے ایسے سوال کی توقع نہیں تھی۔ پر پھر فوراً ہی اس نے خود پر قابو پا لیا۔

"اتنی بھاری فیس اور اتنی بڑی ڈگریوں کو دیکھ کر میں تو سمجھا تھا کہ آپ کچھ اور پوچھو گے۔ یہ سوال تو میں بار بار سن چکا ہوں۔ Frankly speaking I was hoping something better

اور تم یقیناً مایوس نہیں ہوئے ہو گے جب دوسرے لوگوں نے تمہاری توقع کے مطابق سوال پوچھے ہوں گے۔ laddering, projecting techniques استعمال کی ہوں گی۔۔۔۔۔۔ تم نے اپنے حصے کا مزا کر لیا۔ اب آج کی بات کریں تو اہم یہ نہیں ہے کہ میں کیا سوال کرتا ہوں۔ اہم یہ ہے کہ میں اپنا مطلوبہ جواب حاصل کر سکتا ہوں یا نہیں؟ اور جواب تو میں لے ہی لوں گا۔ I am far too experienced to be cheated by a kid like you"۔

اب وہ واقعی میں حیران تھا۔ یہ سب اس کے لئے unexpected تھا۔ اس کی ماں نے بتایا تھا کہ وہ ایک hyper intelligent لڑکا تھا۔ باتوں میں الجھا لیتا ہے۔ اس لئے

مجھے اسے شاک کرنے کے لئے کچھ مختلف کرنا پڑا۔ کچھ ایسے کہ وہ مجھے زیادہ سیریس لے۔ مجھے ایک خطرناک شخص تصور کر کر اپنی متاع کی حفاظت کے لئے اس تک پہنچنے پر بیتاب ہو جائے۔ تو مجھے پر اعتماد نظر آنا تھا اتنا کہ وہ سوچنے پر مجبور ہو جائے۔

"کہیں وہ جان تو نہیں چکا؟ پر وہ کیسے جان سکتا ہے ؟ ہپناٹزم، جادو، ٹیلی پیتھی۔۔۔۔۔۔ یہ سب لفظ ہیں۔ وہ کچھ نہیں جان پائے گا اگر میں بتانا نہ چاہوں۔۔۔۔۔ پر یہ اتنا پر اعتماد کیوں ہے ؟

"I will not give him the satisfaction of victory"۔ اس کے ذہن میں بہت سی چیزیں چل رہی تھیں۔ چیزیں جنہیں میں اس کے چہرے پر پڑھ سکتا تھا۔ لیکن وہ بہر حال ایک بہادر لڑکا تھا اس لئے ہمت نہیں ہارا اور بولا

"چلیں دیکھ لیتے ہیں۔ پوچھیے کیا پوچھنا ہے آپ کو؟"

"تم سوال سن چکے ہو۔"

"اس کا جواب بھی آپ سن چکے ہیں۔ اور بتایئے اور کیا پوچھنا ہے ؟"

"تمہارے خیال میں کسی اور سوال کا کوئی فائدہ ہو گا؟"

"نہیں۔۔۔۔۔۔ ایک گھنٹے کے سیشن کے بعد جو نتیجہ نکلتا ابھی نکل آیا۔ چلتا ہوں۔" وہ اپنی نشست سے اٹھ کھڑا ہوا۔

"میں نے آپ کو جانے کے لئے نہیں کہا۔ اس کمرے سے باہر آپ کی ماما آپ کی منتظر ہیں۔ میں انہیں جواب کے بغیر کیا منہ دکھاؤں گا۔۔۔۔۔۔ کیا کریں ؟" میں نے سوچنے کے انداز میں کہا۔

"میں کیا کہہ سکتا ہوں ؟" وہ اب لاپرواہ نظر آرہا تھا۔

"چلو۔۔۔۔۔ خود سے کچھ گھڑ لیتا ہوں۔۔۔۔۔۔ کہا کہوں۔۔۔۔۔۔ ہمم

"م۔۔۔۔۔۔ہاں یہ ہو سکتا ہے۔ سنو گے؟"

"Whatever"

"زیادہ دیر نہیں لگے گی۔ تم سنو اور ایک غیر جانبدار شخص کی طرح مجھے بتاؤ کہ اس کہانی میں جھول تو نہیں ہے۔ اگر تم مطمئن ہو جاتے ہو تو پھر باقی لوگ بھی آسانی سے مان جائیں گے۔"

"اس سب کا فائدہ؟"

"تاکہ میں اپنی فیس وصول کر سکوں اور کیا۔۔۔۔۔۔۔۔۔ پھر آپ کی ماما سوشل سرکل میں میری جو تعریف کریں گی وہ الگ رہی۔ اور پھر نقصان تو تمہارا بھی کچھ نہیں۔ روز روز کے ان چکروں سے نجات مل جائے گی۔"

"I don't understand you ۔۔۔۔۔۔۔I really don't ۔کچھ ہے جو مجھے بتا رہا ہے کہ مجھے یہاں سے بھاگ جانا چاہیے۔ psychologist آپ جیسے نہیں ہوتے لیکن میں رکوں گا کیونکہ میں ڈرتا نہیں ہوں۔"

میں ہنس پڑا

"میں رکوں گا کیونکہ میں ڈرتا نہیں ہوں۔ کیا یہی وہ بات ہے جس کی وجہ سے تم رک گئے تھے؟"

"میں سمجھا نہیں؟"

"You are too good ۔ تم ہمیشہ سے بہترین تھے۔ جیتنا کبھی تمہارے لئے مشکل رہا ہی نہیں تھا۔ جیت میں جو reward ہوتا ہے تم اسے جانتے ہی نہیں تھے۔۔۔۔۔۔ کہو کیسا آغاز ہے۔ یہی سب کچھ سننا چاہتی ہیں نہ تمہاری ماما بھی؟"

وہ چپ رہا۔

"پر کیا تم ہار بھی سکتے ہو؟ یہ تھا million dollar question۔ تم نے یقیناً پہلے بھی کوشش کی ہو گی پر کہیں آخری لمحے پر ایک خوف تم پر چھا گیا۔ تم کیسے سامنا کرو گے سب گھر والوں اور دوستوں کی تحقیر کا۔۔۔۔۔۔ لیکن اس دفعہ تم کر گذرے۔ اور جب سب سر پکڑے بیٹھے تھے تو تمہیں ایک بڑی جیت کا احساس ہوا۔ اتنی بڑی جیت۔ تم نے ایک ساتھ کتنے لوگوں کو ہرا دیا تھا۔ ان کو بھی جو ریس میں تھے بھی نہیں۔۔۔۔۔۔ شہر کے بہترین ماہرینِ نفسیات، اپنی ذہین ماں، اپنے دوست احباب سب کو ہرا دیا تھا۔ اتنی بڑی جیت تو تمہیں زندگی میں کبھی نہیں ملی ہو گی۔"

"بیکار بات ہے۔" اس کا چہرہ تاریک ہو گیا تھا۔

"ٹھہرو۔۔۔۔۔۔۔ مکمل بات تو سن لو۔ میں اس کے بعد تمہاری چھ مہینے کی Therapy تجویز کر دوں گا۔ you already had your fun اس لئے آئندہ ایسی حرکت کرنے کی ضرورت ہی نہیں رہے گی۔ مسئلہ حل ہو جائے گا۔"

وہ اپنی کرسی سے اٹھ کھڑا ہوا اور بولا

"آپ بالکل بھی نہیں پہنچ سکے ہو۔ یہ مکمل خرافات ہے۔ مجھے لوگوں کو چکرا کر بھلا کیا ملے گا۔۔۔۔۔۔ اب میرے یہاں بیٹھنے کا کوئی فائدہ نہیں ہونے والا اس لئے چلتا ہوں۔"

"رکو تو۔۔۔۔۔ میں نے کب کہا کہ یہ سچ ہے۔ میں نے کب کہا کہ ایسا ہی ہوا ہو گا۔ وہ تو یقیناً کوئی بہت بڑا راز ہو گا۔ میں اس کی بات نہیں کر رہا کہ جو ہوا۔ میں تو بس اپنی کہانی کی بات کر رہا ہوں۔ تمہیں کیا لگتا ہے کہ انہیں اس پر یقین آ جائے گا؟"

اس کے چہرے پر بے یقینی تھی۔ وہ ایک خوفزدہ جانور کی طرح تھا جو ناکے میں آ چکا تھا۔ اسے اب بھی اپنی سبک رفتاری پر غرور تھا لیکن نہیں جانتا تھا کہ کس سمت

بھاگے۔ بظاہر ہر راستہ کھلا تھا مگر یقیناً کسی ایک سمت کوئی جال بچھا، ایک ناکا لگا تھا۔ وہی سمت جہاں ہانکا لگانے والے اسے بھگانا چاہتے تھے۔ پر وہ سمت کونسی تھی وہ نہیں جانتا تھا۔

یا پھر شاید وہ جانتا تھا پر پھر بھی اسے اس سمت جانا تھا جہان ناکا لگا تھا۔ کوئی بھلا خود سے کیوں جال میں جان گرے گا؟ یہ سوال آسان نہیں ہے۔ اس کا جواب آسان نہیں ہے مگر ایسا ہوتا ہے۔ جب ایک طاقتور جنگلی جانور کو ہانکا لگایا جاتا ہے تو وہ جانتا ہے کہ اب کیا ہوگا۔ وہ جانتا ہے کہ ایک خاموش سمت شکاریوں کا جتھہ گھات لگائے بیٹھا ہوگا۔ وہ جو برسوں سے خالی بوتلوں اور اڑتے پرندوں پر نشانے لگا لگا کر اس دن کا انتظار کرتے رہے ہیں۔ وہ جن کے گھروں میں خواب بھری آنکھیں ان کی کامیابی کی منتظر ہیں۔ excitement کی شدت سے جن کے مساموں سے پسینہ پھوٹ نکلا ہے جس کی خوشبو وہ یہاں اتنی دور محسوس کر سکتا ہے۔ وہ اتنے لوگوں کو مایوس کیسے کر سکتا ہے۔ وہ کیونکر کسی دوسری سمت چلا جائے جہاں پتلی پتلی ٹانگوں والے مدقوق مزدور ڈھول بجاتے ہوں گے۔ درندے کو دیکھ کر جو خوف سے کانپنے لگیں گے اور ان کے پیچھے چلے آئے ان کے بچوں پر ان کی بہادری کا بھرم کھل جائے گا۔۔۔۔۔۔ نہیں ایسی مضحکہ خیز صورتحال میں ایک درندہ کیونکر اپنی متانت قائم رکھ سکتا ہے۔ تو وہ اسی سمت بھاگے گا جہاں اس کے شایانِ شان استقبال ہو۔ اور ایک درندے کے لئے اس سے بہتر استقبال کیا ہوگا کہ وہ درجنوں شکاریوں اور تیز رفتار گولیوں کے بیچ سے نکل کر بھاگ جائے۔ یہ ایک worthy escape ہوگا اور اگر گولیوں نے اسے روک لیا تو ایک پروقار موت ہوگی۔ یہی اس کی زندگی کی معراج ہے۔ one has to fulfill his destiny۔

تو وہ یقیناً جانتا تھا مگر میرے بچھائے جال میں چلے آنے پر مجبور تھا۔ میں نے اسے اور الجھانے کی کوشش کی۔

"اور پھر۔۔۔۔۔۔۔ تم ڈر کر بھاگنے والے تو نہیں۔ میں نے تم سے ایک گھنٹہ ہی تو مانگا ہے تا کہ سب کو یقین ہو جائے کہ میں بڑی مشکل سے منزلِ مراد پہ پہنچا ہوں۔ اور پھر خوف کیسا۔ میں کوئی wizard تو نہیں کہ ایک گھنٹے میں وہ سب کچھ جان سکوں جسے دوسرے ہفتوں میں نہیں سمجھ سکے۔۔۔۔۔۔۔۔ بس تھوڑی دیر رکو اور مجھے اپنی کہانی straight کر لینے دو۔ اور مطمئن رہو میں تمہیں یقین دلاتا ہوں کہ اگر تم نہیں چاہو گے تو کوئی بھی تمہارا راز نہیں جان پائے گا۔"

لڑکے نے تھوک نگلی۔ وہ ایک بچہ تھا۔ گو ڈر رہا تھا لیکن ضدی تھا۔ انا پرست تھا۔

"تو کیا خیال ہے تمہارا اس کہانی کے بارے میں؟" میں نے کریدا۔

وہ پھر سے کرسی پر بیٹھ گیا۔ لبوں پر زبان پھیرنے کے بعد بولا۔

"وہ تمہاری بات پر یقین نہیں کریں گے۔ یہ محض ایک مفروضہ ہے اور تمہیں مفروضے بنانے کے پیسے نہیں ملتے۔ لوگ پوچھیں گے کہ تم کیسے اس نتیجے پر پہنچے تو کیا جواب دو گے؟"

"اچھا سوال ہے۔ بہت اچھا ہوا جو میں نے تمہیں روک لیا۔ واقعی وہ پوچھ لیتے تو میں کیا جواب دیتا؟ کیا کہتا؟ اگر میں یہ کہوں کہ میں نے اسے دیکھا اور جان لیا۔ آخر ایک انسان کتنا چھپا سکتا ہے۔ ہماری زبان خاموش ہوتی ہے تو آنکھیں بولتی ہیں۔ اور اس بچے کی طرح جسے بہت کم بولنے کا موقع ملتا ہے بلا وجہ بولتی چلی جاتی ہیں۔ اس سے بھی بہت زیادہ کہہ دیتی ہیں جتنا زبان کبھی کہہ سکتی تھی۔ جسم کے مساموں سے پھوٹتا پسینہ بولتا ہے۔ ہمارے ہاتھوں کی لرزش بولتی ہے۔ ہماری سانسیں، ہمارے جسم کا درجہ حرارت، ہمارے دماغ کی برقی لہریں بولتی ہیں۔ انسان کیا چھپا سکتا ہے؟ اب دیکھو نہ تم ایک چھوٹے سے لڑکے ہو مگر ان بوڑھے سائکولوجسٹس کو دیکھتے ہی سمجھ گئے تھے کہ وہ تم سے کیا چاہتے

ہیں۔ اگر تیرہ چودہ سال کا لڑکا یہ کر سکتا ہے تو پھر میں تو یہ بہت بہتر طریقے سے کر سکتا ہوں۔

تو کہانی یہ ہو گی کہ میں تمہیں دیکھتے ہی جان گیا تھا کہ تم نے ایسا کیوں کیا اور پھر میں نے باتوں کے ایسے جال بچھائے کہ تم پھنستے ہی چلے گئے۔ ایسے میں ہم کچھ مشکل techniques کے نام بھی استعمال کر گذریں گے۔ تو تم پھنستے چلے گئے اور اپنے راز کو بچانے کے لئے لاشعور سے شعور میں لائے اور پھر کسی اور context میں وہ جملہ ادا کر کے اپنی جان چھڑا لی۔ اتنی سی بات ہے۔ اور میں وہاں تھا۔ جیسے وکٹ کیپر بس ہاتھ اٹھائے منتظر رہتا ہے۔ غلطی ہمیشہ بیٹس مین کی ہوتی ہے اسے تو بس گیند collect کرنا ہوتی ہے۔۔۔۔۔۔ یہ بات ہے۔ کیا کہتے ہو لوگ buy کریں گے۔"

لڑکا چپ ہو گیا۔ بہت چپ۔ پھر اس کی آنکھوں کے کونے میں آنسو تیرنے لگے۔ "میں ان کا سامنا کیسے کروں گا۔ میں انہیں تکلیف نہیں دینا چاہتا۔"

"I know"

"آپ غلط کہہ رہے ہو بالکل غلط۔ پر وہ لوگ آپ کی بات پر یقین کر لیں گے اور مجھے۔۔۔۔۔۔ مجھے۔۔۔۔۔۔" وہ رو ہانسا ہو کر خاموش ہو گیا۔

"ارے ارے۔۔۔۔۔۔ یہ تو بس ایک تجویز تھی۔ اگر تمہیں پسند نہیں آئی تو ہم اسے بدل دیتے ہیں۔ ہمارے پاس ابھی کافی دیر باقی ہے۔"

لڑکے نے مجھے بے یقینی سے دیکھا۔ میں بولتا رہا۔

"یہ ریس سے ایک دن پہلے کی بات ہے جب تم نے اسے۔۔۔۔۔۔ کیا نام تھا اسکا؟"

"کس کا؟" اس نے حیرانگی سے پوچھا۔

"وہی جو دوسرے نمبر پر آیا تھا۔"

"کون؟ مسعود؟"

"ہاں ہاں۔۔۔۔۔۔ مسعود۔ تم نے مسعود کو گراؤنڈ میں بھاگتے دیکھا۔ وہ پاگلوں کی طرح بھاگ رہا تھا۔ اس کا چہرہ سرخ ہو چکا تھا۔ اس کی شرٹ پسینے سے بھر چکی تھی پر وہ بھاگ رہا تھا۔ تم نے اسے ایک دوست سے باتیں کرتے بھی سنا جہاں وہ کہہ رہا تھا کہ کاش وہ زندگی میں ایک بار جیت سکے۔ صرف ایک بار تاکہ اپنی ماں کی نظروں میں سرخرو ہو سکے۔ وہ جانتا تھا کہ تمہارے ہوتے یہ ناممکن ہے پر اس نے کہا کہ معجزے بھی تو ہوتے ہیں۔ اور اس سمے تم نے فیصلہ کر لیا کہ اس بار وہی جیتے گا۔ ایک بار۔۔۔۔۔۔ بس ایک بار۔
"

وہ مزید الجھ گیا۔

"اب کیا خیال ہے کہ کہانی چلے گی یا نہیں؟"

"میری ماں مجھے سینے سے لگا لے گی۔ she has this thing for social work۔ پر ویسے سوچیں تو پلاٹ خاصا کمزور ہے۔ پھر مسعود تو بالکل ہی بیوقوف سا لڑکا ہے۔ ذرا بھی sensitive نہیں ہے۔" وہ مسکرا کر بولا۔

"پر یہ بات صرف تم جانتے ہو تمہاری ماں نہیں۔"

"ہاں یہ تو ہے۔"

""تو پھر فائنل کریں اور اس صورت میں تو تمہیں Therapy کی ضرورت بھی نہیں پڑے گی۔" میں نے مسکراتے ہوئے کہا۔

"نہیں۔۔۔۔۔۔ Thank you۔۔۔۔۔۔ Thank you for everything۔"

“Mention not”

وہ کرسی سے اٹھا اور دروازے تک گیا تو میں نے آواز لگائی۔

”کیا تم دوبارہ ریس میں حصہ لو گے؟“

” بہت جلد۔۔۔۔۔۔ اور اس مرتبہ مسعود جتنا بھی گڑگڑالے مگر میں اسے ہرا کر ہی دم لوں گا۔“ ہم دونوں نے قہقہ لگایا۔ وہ جانے کو مڑا مگر پھر رک گیا اور مجھ سے پوچھا۔

”سر کیا آپ نے کبھی ریس میں حصہ لیا ہے؟“

”نہیں“

”پتہ ہے میں بھاگنا چاہتا ہوں۔ صرف جیتنے کے لئے نہیں بھاگنے کے لئے۔ جب آپ بھاگتے ہو نہ تو لگتا ہے جیسے آپ کے اردگرد کی ساری دنیا freeze ہو گئی ہو۔ لوگوں کے چہرے جیسے ہوا میں اٹھ جاتے ہیں اور magnify ہو کر ٹھہر جاتے ہیں۔ شاید وہاں بہت شور ہوتا ہو گا پر میں کچھ بھی سن نہیں پاتا۔ آوازیں جیسے پھولوں میں ڈھل جاتی ہیں جن کی خوشبوئیں تیز ہوا کی طرح آپ کو آگے دھکیلے جاتے ہیں۔۔۔۔۔۔۔۔۔ یہ سب اتنا خوبصورت ہے کہ میں ہر روز دوڑنے پر تیار ہوں۔

پر جیسے۔۔۔۔۔۔ جیسے کبھی کسی خوبصورت باغ سے گذرتے ہوئے آپ لالچی ہو جاتے ہو۔ وہاں ٹھہرنے کو جی کرتا ہے تاکہ وہاں کی خوشبو، ان رنگوں کو اپنے اندر سمیٹ سکو۔ میں بھی لالچی ہو گیا تھا۔

I was lost in the beauty۔ مجھے لگا جیسے یہ خوبصورتی اصل ہے اور وہ finish line ایک دھوکہ I was taken aback by the very thought لیکن یہ بس ایک لمحے کو تھا۔ بس ایک لمحہ۔“

”میں جانتا ہوں۔۔۔۔۔۔۔ پر شاید ایک چیز تم نہیں جانتے۔ تم نہیں جانتے

کیونکہ ابھی تمہیں دنیا کو دیکھنا ہے۔ ابھی تجربے کی بھٹی سے گذرنا ہے۔ یہ لمحہ جسے تم بے ضرر جان رہے ہو بڑی عجیب چیز ہوتا ہے۔ زندگی کے سفر میں ایک لمحہ کوئی چیز نہیں ہوتا پر میں نے ایسے لوگ دیکھے ہیں جنہوں نے اپنی ساری زندگی ایک لمحے میں بسر کر دی۔ یہ لمحوں کے قیدی بلبلوں میں بل کھاتے ریت کے ذرے کی طرح ہوتے ہیں جن کی ساری حرکت بے ثمر ہوتی ہے۔ یہ باقی عمر زندہ لاشوں کی طرح گھسیٹے جاتے ہیں۔------ But

"I know you are too smart to be deceived by those moments

وہ مسکرایا اور محبت بھرے انداز میں میری طرف دیکھتا ہوا باہر چلا گیا۔

☆☆☆

# پہاڑوں سے اترتا ہوا پانی

وہ ایک بڑی شئے کا حصہ تھا۔ کسی بہت بڑی شئے کا حصہ تھا۔ اس نے لوگوں کو خود کی طرف دیکھ کر مبہوت ہوتے دیکھا تھا۔ وہ ایسی بلندی پر تھا کہ پرندوں کا سانس بھی جہاں پہنچتے ہوئے پھولنے لگتا تھا۔ ساری دنیا اس کے قدموں میں پھیلی تھی اور وہ میلوں تلک پھیلی وادیوں کو دیکھ سکتا تھا۔ ایک کسک البتہ دل میں تھی کہ وہ کون ہے؟ پر وہ اس کسک کے ساتھ رہنا سیکھ گیا تھا۔

ایک دن سورج کی ایک شرارتی کرن بہت دور سے بھاگتی ہوئی آئی اور اس سے ٹکرا گئی۔ وہ دونوں لڑھکتے ہوئے قریب بہتی ایک چھوٹی سی ندی میں جا گرے۔ ندی کیا تھی ایک ہجوم تھا اس جیسی پریشان روحوں کا۔ سب ایک دوسرے کو دھکے دیتے اس جبر سے نکلنے کو کوشاں تھے مگر وہ دھکے شاید انہیں آگے لئے جاتے تھے۔ وہ رکنا چاہتا تھا۔ واپس اپنی جگہ پر پہنچ جانا چاہتا تھا۔ پھر سے اسی ماورائیت کو اوڑھ لینا چاہتا تھا مگر یہاں ٹھہرنا ناممکن تھا۔

وہ بہتا رہا یہاں تک کے پہاڑوں نے سفید چادر اتار پھینکی اور نئی سبز پوشاک کے لئے گویا تیار سے ہو گئے۔ وہ بہتا رہا چھوٹی چھوٹی بستیوں سے بڑے بڑے شہروں تک۔ ایسے ریگستانوں کے کنارے جہاں برسوں سے پانی کا قطرہ تک نہ پہنچا تھا۔ وہ چاہتا تھا کہ دریا سے باہر نکلے اور کسی ایک کی پیاس ہی بجھا پائے۔ اسے لگتا تھا کہ یہ زندگی کا ایک worthy مقصد ہو سکتا ہے مگر وہ دریا جو اسے بس آگے دھکیلے جاتا تھا۔ وہ مایوس ہو گیا اور

آنکھیں موند لیں۔ پتہ نہیں میرا خدا مجھ سے کیا چاہتا ہے۔ میں تو وہ بدنصیب ہوں جو کسی کی پیاس بھی نہیں بجھا سکتا۔

وہ بہتا رہا اور پھر ایک دن ایک مہیب سمندر میں لا پھینکا گیا۔ سمندر جو اتنا بڑا تھا کہ اسے اپنا آپ بہت چھوٹا لگنے لگا۔ وہ مہینوں اس عفریت کے پیٹ میں چکر کھاتا رہا یہاں تک کہ یونس کی طرح اسے آزادی کا پروانہ مل گیا اور وہ بادلوں کی صورت ساحلوں کی طرف بھاگنے لگا۔ مہینوں کا سفر ہفتوں میں طے کرتا ہوا وہ پھر سے اسی برف کے پہاڑ پر آ پہنچا جہاں سے وہ چلا تھا۔ اور آج وہ ایک نئی اونچائی سے اپنے اس مسکن کو دیکھتا تھا اور اس کی آنکھیں اشکبار تھیں۔ اس نے اپنا مقام جاننے کی خواہش کی تھی اور وہ خدائے بزرگ و برتر جس نے پتھر کے اندر چھپے کیڑے کے رزق کا بھی وعدہ کیا ہے بھلا اس کی اس آرزو کو تشنہ کیسے رہنے دیتا۔

اس کے اندر شکر گزاری بہتی تھی اور بس ایک کسک بھی۔۔۔۔ کسک ان لمحوں کی جب وہ دریا میں تھپیڑے کھاتے ہوئے یہ سمجھنے لگا تھا کہ گویا خدا اس سے محبت نہیں کرتا۔

# کالا کپڑا

خدا کو ڈھونڈنا ہو تو کہیں بھی چلے جائیں مگر کعبہ کا رخ نہ کریں کہ وہاں خدا نہیں ہے۔ آپ بہت فطرت پرست ہیں تو ہمالیہ کے دامن میں یا پھر کسی افریقی صحرا کی طرف نکل جائیں۔ حسن آپ کی کمزوری ہے تو کسی حسینہ کی زلف کے اسیر ہو جائیں۔ ذہن آپ کو تنگ کرتا ہے تو کسی نیچرل سائنس کی تعلیم میں مشغول ہو جائیں۔ دل والے ہیں تو کسی قریبی بازار میں کھڑے ہو جائیں یا پھر کسی casino میں نکل جائیں۔ ان سبھی صورتوں میں خدا آپ کو بہت آسانی سے مل جائے گا کہ وہ ڈھونڈنے والوں سے بہت زیادہ دیر تک چھپا نہیں رہتا۔ ہاں شرط یہی ہے کہ آپ ہمالیہ کی ہیبت، لڑکی کے حسن، علم کے تکبر اور پیسے کی چمک میں کھو نہ جائیں بلکہ اپنا مقصد سامنے رکھیں۔

تو جہاں چاہیں چلے جائیں مگر کعبہ کی بات دوسری ہے۔ اگر آپ یہاں خدا کو ڈھونڈنے آئے ہو تو آپ کو اس کی دیواروں سے سرد کوئی شئے محسوس نہ ہو گی۔ آپ گھبرا کر اپنے ارد گرد دیکھو گے تو ہزاروں آنکھیں امید اور خوشی سے بھری نظر آئیں گی۔۔۔۔ ہر ایک گویا اپنے خدا کو تکتا ہے۔ آپ کو لگے گا کہ آپ کے سوا جیسے ہر ایک کو خدا مل گیا ہے۔

''پھر مجھے کیوں نہیں؟'' بے معنی سوال آپ کو ستائیں گے اور آپ غلافِ کعبہ سے لپٹ لپٹ کر روؤ گے۔ بار بار سوال کرو گے۔ اتنے سوال آپ سڑک سے اٹھا کر کسی پتھر سے بھی کرو تو وہ بھی آپ سے بولنا شروع کر دے گا مگر کعبہ سے آپ کو کوئی آواز نہیں

آئے گی۔ آپ کو اپنا آپ بہت گھٹیا اور بے حقیقت محسوس ہو گا اور آپ سمجھ نہیں پاؤ گے کہ آپ نے کیا غلط کیا؟

ایک بات جو ہم کبھی نہیں مان پاتے کہ خدا یہاں رہتا ہی نہیں۔ یہاں آنے والا ہر مسافر اپنا خدا ساتھ لے کر آتا ہے۔ کعبے کے تین سو ساٹھ بت تو صاف کر دیے گئے مگر اب حج کے دنوں میں یہاں تیس چالیس لاکھ خدا اکٹھے ہوتے ہیں۔۔۔۔۔ خدا جنہیں لوگوں نے ایک عمر کی تلاش کے بعد ڈھونڈا ہوتا ہے۔ خدا جن کے لئے اپنے گھر، اپنے دل، اپنی زندگی کا بہترین کونہ مختص کیا ہوتا ہے۔ خدا جنہیں ہم اپنی کمائی میں سے کھلاتے ہیں، جن کے اعزاز میں چڑھاوے چڑھاتے ہیں، دکھوں میں جن کے قدموں پہ سر رکھ کر روتے ہیں، خدا جو شادیوں پر ان کے گھروں میں چیف گیسٹ ہوتا ہے۔

تو ہم سب یہاں اپنے اپنے خدا ساتھ لے کر آتے ہیں اور یہاں آ کر عجب تماشہ ہوتا ہے۔ کعبہ کو دیکھتے ہی وہ خدا، وہ روشنی اس کالے کپڑے میں جذب ہو جاتی ہے۔ کچھ پتہ نہیں چلتا کہ کیا کھیل ہے۔ یوں لگتا ہے جیسے کوئی مہربان ہر ایک کا پردہ رکھ لیتا ہے۔ جیسے آپ کا کالا کر تا داغوں کو بڑے التزام سے اپنے دامن میں چھپائے رکھتا ہے۔ حقیقت آپ تبھی جانتے ہو جب اس کپڑے کو دھویا جاتا ہے۔ اب میل کچیل دیکھ کر آپ کو اندازہ ہوتا ہے کہ اس کرتے نے آپ کی کتنی شرم رکھ لی تھی۔

یہاں بھی کچھ ایسا ہی ہے۔ لاکھوں لوگ ہیں اور سبھی صحیح ہیں۔ ان کے کروڑوں خدا ہیں اور سبھی برحق ہیں۔ وہ کالا کپڑا سب کو اپنے اندر جذب کر لیتا ہے اور لوگوں کو ایک مرتبہ پھر سے آزادی سے سوچنے کا موقع دیتا ہے۔ خدا نام کا "پیرِ تسمہ پا" جو نجانے کب سے ہم نے اپنے کاندھوں پر بٹھا لیا تھا کچھ ایسے کہ اس کے بوجھ تلے ہم ہر آن دبے جاتے تھے۔۔۔۔۔۔۔ ہم ایک پل میں اس خدا سے آزاد ہو گئے۔ بہت سے لوگوں کے

لئے آزادی کا یہ لمحہ کوئی بہت خوشگوار نہیں ہوتا۔ ہم سوچ میں پڑ جاتے ہیں۔۔۔۔ پنجرے میں برسوں سے قید پرندے کی طرح۔ پنجرے کا دروازہ کھول دیا گیا ہے مگر ہم اڑنے کی ہمت نہیں لا پاتے۔ دروازے سے دور سمٹنے کی کوشش کرتے ہیں۔ کوئی زبردستی نکال کر پنجرے سے باہر اڑا دے تو قریبی دیوار پر جا بیٹھتے ہیں جہاں کم از کم پنجرہ تو نظر آتا رہے۔

کچھ یہی کیفیت لوگوں کی بھی ہوتی ہے۔ انہیں کعبہ آتے ہوئے لگتا ہے جیسے وہ منزل پر پہنچ گئے مگر یہاں آ کر خبر ہوتی ہے کہ یہ تو ایک دوسرا آغاز ہے۔ تبھی تو کہا جاتا ہے کہ جب انسان یہاں سے واپس جاتا ہے تو اس طرح ہو جاتا ہے جیسے اس کی ماں نے اسے ابھی جنا ہے۔

یہاں ایسا ہی ہے۔ سوائے ان لوگوں کے جو سوچتے نہیں ہیں باقی سب یہاں اپنے خداؤں کو ٹوٹتا محسوس کرتے ہیں۔ وہ دعا کا ہر طریقہ آزماتے ہیں۔ لڑتے جھگڑتے حجرِ اسود تک پہنچتے ہیں۔ جس مقام پر خدا کی رحمت کا شائبہ بھی ہوتا ہے وہاں نفل ادا کرتے ہیں۔ رکنِ یمانی کو ہاتھ لگاتے ہیں۔ دروازے کی چوکھٹ سے لٹک جاتے ہیں مگر خدا۔۔۔۔۔۔ خدا نہیں ملتا۔

میں نہیں مانتا کہ خدا وہاں نہیں ہے۔ وہ بھی وہیں ہے پر ہم اسے دیکھ نہیں پاتے۔ ہو سکتا ہے کہ وہ مسجد کے مینار پر کسی چھوٹے پرندے کی صورت بیٹھا ہو یا پھر اس نئی بننے والی بلڈنگ کی سب سے اونچی منزل پر دوسرے مزدوروں کے ساتھ کام کرتا ہو۔ یا پھر وہ میری ہی طرح کسی سیڑھی پر بیٹھا اس ہجوم کو دیکھتا ہو۔

خدا اگر دھوتا تو غلافِ کعبہ جھاڑنے سے ہم اسے پا لیتے

وہ کعبہ میں ہوتا تو گھنٹوں چوکھٹ سے لٹکنے والوں کو اتارنے ضرور آتا

وہ حجرِ اسود کے کہیں قریب ہو تا تو اس کمزور شخص کو ضرور بچا لیتا جسے ہجوم نے گویا کچل ہی ڈالا تھا۔

پر وہ تو شاید ہمیں جیسا ہے۔ ہماری ہی طرح اس گھر کی زیارت کو آیا ہے۔ ہماری ہی طرح سوچتا ہے کہ کیا اور کیسی عبادت کروں؟

وہ بڑا ظالم ہے۔ اپنا پتہ نہیں دیتا اور ڈھونڈنے کا حکم بھی دیتا ہے۔ آنکھ مچولی کھیلتا ہے اور یہ بھی نہیں بتاتا کہ ڈھونڈنا کیا ہے۔ گولے والے کی برف کی طرح پے در پے ضربوں سے ہمیں توڑ ڈالتا ہے اور حکم دیتا ہے کہ ثابت قدم رہو۔ جان کو شکنجے میں یوں ڈال دیتا ہے جیسے رس بیلنے کی مشین میں گنا اور پھر بھی حکم ہے کہ "رہو۔۔۔ ہون رہوتے مناں"۔ لاکھوں میں وہ ہمیں ایک بناتا ہے اور پھر ایک کو یوں لاکھوں میں ملا دیتا ہے جیسے اس کے لئے یہ سب کوئی کھیل ہے۔

کیا خبر یہ کوئی کھیل ہو ہی اور ہم ہی اسے کوئی سنجیدہ شئے سمجھ بیٹھے ہوں۔ ایک مزاحیہ شو جس میں ہر کوئی اوٹ پٹانگ حرکتیں کر رہا ہے ہم متانت کی چادر اوڑھنے کی کوشش میں سب کے مذاق کا نشانہ بنتے جا رہے ہوں۔ کون جانے کہ اصل کھیل کوئی اور ہی ہو۔

★★★

# Causalities of Love

ریستوران کے جگمگاتے فلور کے پیچھے ایک عام سا کچن ہے۔ ایک عام سا کچن جس میں معمولی سے لوگ پھرتے ہیں۔ لوگ جنہوں نے ویٹروں کی طرح خود کو مصنوعی کلف لگی وردیوں میں جکڑ نہیں رکھا۔ لوگ جو مشینوں سے انہماک اور تندہی سے کام کئے جا رہے ہیں۔ وہ نظریں جمائے کام میں مصروف ہیں اور ان کے گرد تیزی سے چلتے ہوئے ویٹروں، دیگچیوں سے اٹھتے دھوئیں اور متنوع خوشبوؤں نے چھوٹے چھوٹے حصار بنا رکھے ہیں۔ وہ عام لوگ سارا دن ان پیچیدہ حصاروں کے بیچ تیرتے ہیں۔

ایسے میں کچن کا پچھلا دروازہ کھلتا ہے۔ باہر اندھیرے اور تازہ ہوا کے حصار دروازے تک بڑھ آئے ہیں۔ وہ بڑی میکانیت سے ایک نوجوان کو وصول کرتے ہیں اور سرسراتی خاموشی سے اس کے ساتھ چلنے لگتے ہیں۔ ایسے میں شاید ہوا کا کوئی جھونکا چلا اور سنسان سڑک پر بکھرے زرد پتے اور جوس کے خالی ڈبے بھی نوجوان کے ساتھ دوڑنے لگتے ہیں۔ جیسے وہ کوئی چھوٹے بچے ہوں جنہیں اپنے ساتھ چلنے والے بڑے کی رفتار تک پہنچنے کے لئے بھاگنا پڑے۔

اس منظر میں کچھ تھا۔ کچھ ایسا کہ سڑک کے کنارے جوس کے خالی ڈبوں کے بیچ سرسراتا چوہا ٹھٹھک کر رہ گیا۔ وہ بڑی حیرت سے اس نوجوان کو دیکھ رہا تھا جو اپنے ساتھ ایک پورے لینڈ اسکیپ کو اٹھائے لے جا رہا تھا۔ پتہ نہیں چوہے نے کیا سوچا۔ شاید یہی کہ اگر واقعی لینڈ اسکیپ اس نوجوان کے ساتھ چلا گیا تو وہ ایک چٹیل، بے رنگ، بیاباں

میں کیا کرے گا۔

سو وہ خاموشی سے نوجوان کے پیچھے ہو لیا۔ ایسے میں وہ نوجوان رکا۔ اسے عجیب سی بے چینی محسوس ہو رہی تھی۔ بے چینی جیسے ------- جیسے ------- پتہ نہیں وہ کیا تھا پر کوئی بات تھی ضرور۔ اس نے بڑی توجہ سے ہر سمت دیکھا مگر گہری اندھیری رات میں اپنے قدموں میں دبکے چوہے کو نہیں دیکھ پایا اور اس بے چینی کو خود کے گرد مضبوطی سے لپٹا کر وہ پھر اپنے رستے پر چل پڑا۔

وہ اب ایک مصروف سڑک کے فٹ پاتھ پر چلا جا رہا تھا۔ اس کے ہاتھ میں ایک بڑا لفافہ دبا تھا جس میں غالباً ہوٹل سے بچا کچھا کھانا تھا۔ اور وہ بڑی تیزی سے قدم اٹھا رہا تھا۔ بہت ممکن ہے کہ وہ اس عجیب بے چینی سے بھاگ رہا ہو پر گمان یہی ہے کہ اسے کھانا ٹھنڈا ہونے سے پہلے گھر پہنچنے کی خواہش تھی۔ نجانے وہ کون تھا ------- وہ جس تک پہنچنے کی خواہش اسے ایسی غیر انسانی رفتار سے چلائے جا رہی تھی۔ ایسے میں وہ گاہے گاہے پیچھے دیکھتا رہا۔ اسے احساس تھا کہ کوئی ہے جو اس کے ساتھ ساتھ چلا آ رہا ہے۔ ہاں احساس تو بہت گہرا تھا وہ بس اسے دیکھ نہیں سکتا تھا ------ اور بھلا احساس کو دیکھ بھی کون سکتا ہے؟

چوہا البتہ بہت مطمئن تھا۔ گو تیز چلنے سے اس کی سانسیں پھولی جاتی تھیں (آخر اس نے دو دن سے کچھ کھایا بھی تو نہیں تھا) ------ پر اس طرح وہ کم از کم منظر سے پیچھے تو نہ رہ جائے گا۔ اب تو اس شہر میں بھی خوراک تلاش کرنا کارِ مشکل تھا وہ بھلا ایک چٹیل، بے رنگ، بیابان میں کیا کرتا؟

نوجوان نے پسماندہ سے محلے کے ایک دروازے پر دستک دی۔ دروازہ فوراً ہی کھل گیا۔ ایسا محسوس ہوتا تھا جیسے کوئی بس کواڑوں سے لگا کھڑا ہو۔ وہ ایک خوش شکل نوجوان

لڑکی تھی جس کی کلائیوں میں کانچ کی چوڑیاں بھری تھیں۔ جس کے ہاتھوں میں مٹتی ہوئی مہندی کے نقش تھے اور جس کے لباس پر بڑی ناتجربہ کاری سے گوٹا ٹانکا گیا تھا۔

وہ دونوں اندر چلے گئے اور دروازے کو بند کر دیا گیا۔۔۔۔۔ کچھ اس مضبوطی سے کہ اب تاریک گلی میں اس گھر سے روشنی کی لکیر تلک نہ آتی تھی۔ چوہا کچھ دیر تو بڑی بے چینی سے دروازے سے ٹکراتا رہا۔ گو وہ اپنے ارد گرد سارے منظر اسی طرح موجود دیکھ رہا تھا پھر بھی دل کو گویا دھڑکا سا لگا تھا۔ نجانے کب یہ ساری بساط سمیٹ دی جائے۔ نہیں۔۔۔۔۔ اسے ایسے کسی انجام سے بہت پہلے نوجوان تک پہنچ جانا تھا۔ مگر جایا جائے تو کیسے ؟اس عام سے گھر میں ایک مضبوط آہنی دروازہ تھا۔ دروازہ جس کے نیچے کوئی درز بھی ایسی نہ تھی جہاں سے ہوا تلک بھی اندر داخل ہو سکتی۔

"آخر اس چھوٹے سے گھر میں ایسا کیا چھپایا گیا ہے ؟چوہے کے ذہن میں کئی سوالات ابھر رہے تھے مگر اس نے ہمت نہیں ہاری اور تھوڑی ہی دیر میں اس نے وہ سوراخ ڈھونڈ لیا جس سے گھر کا گندہ پانی گلی کی نالی میں گر رہا تھا۔ وہ جھٹ سے نالی میں کود پڑا۔ نالی کا پانی اس وقت برفاب ہو رہا تھا مگر وہ کسی نہ کسی طرح تیرتا ہوا گھر میں داخل ہو گیا۔ نالی سے باہر نکلا تو وہ بری طرح کپکپا رہا تھا۔ وہ اب چاروں طرف بے چینی سے دیکھ رہا تھا۔ شاید اسے کسی ایسی جگہ کی تلاش تھی جہاں وہ خود کو کچھ گرم کر سکے۔ اس نے دیکھا کہ وہ دونوں برآمدے میں بچھی چارپائی پر بیٹھے کھانا کھا رہے تھے۔ کتنا عجیب تھا وہ شخص جو سارا دن خوشبودار کھانوں کے بیچ رہ کر بھی ایک لقمہ تلک نہ نگلتا تھا محض اس لئے کہ وہ اس چارپائی پر بیٹھ کر یہ ٹھنڈا کھانا کھا سکے۔ شاید اسی کو محبت کہتے ہوں گے۔

چوہا سردی سے مسلسل کانپ رہا تھا۔ ایسے میں سامنے کمرے سے روشنی دکھائی دی تو وہ وہاں چلا گیا۔ سامنے ایک بستر سلیقے سے لگا ہوا تھا جس پر سفید بے داغ چادر بچھی تھی

اور پائینتی کی جانب نئی شنیل کی رضائی رکھی تھی۔ چوہا چھلانگ لگا کر بستر پر چڑھ گیا اور رضائی میں اس امید پر گھس گیا کہ شاید اس سردی پر قابو پا سکے۔

وہ دونوں کافی دیر تک بیٹھے باتیں کرتے اور پھر ایک دوسرے کی بانہیں تھامے کمرے میں داخل ہوئے۔ ان کی آہٹ پر چوہا پہلے ہی بستر سے نکل کر کرسی کے نیچے جا بیٹھا تھا اور اپنی پر تجسس آنکھوں سے انہیں دیکھ رہا تھا۔ ایسے میں آدمی کی نظر بستر پر لگے کیچڑ کے داغوں پر پڑی جو چوہے کی وجہ سے لگے تھے تو اس کے چہرے پر بد مزگی پھیل گئی اور وہ اپنی بیوی پر برس پڑا۔

"سارے دن میں تم ایک صاف چادر نہیں بچھا سکتی؟"

لڑکی کوئی جواب دینے کی بجائے اپنی بڑی بڑی آنکھوں سے بستر کی طرف دیکھنے لگی۔ اس کے ذہن میں بہت سے سوالات تھے لیکن نئی دلہنیں وہ سب کچھ نہیں کہہ سکتیں جو ان کی سوچ میں آتا ہے۔ وہ ایک نئے آدمی کی دنیا میں رہنے کے لئے آتی ہیں اور کسی ننھے بچے کی طرح انہیں دل کی بات کہنے میں تھوڑی دیر لگتی ہے۔ کسی نومولود کی طرح وہ اپنے ارد گرد کو دیکھتی ہیں۔ نئے الفاظ، نئی اصطلاحات سیکھتی ہیں اور پھر ایک دن وہ بولنے لگتی ہیں اور اتنا بولتی ہیں کہ سب خاموش ہو جاتے ہیں۔ لیکن ابھی وہ دن نہیں آیا تھا اور وہ بت بنی کھڑی تھی۔ آدمی اس خاموشی پر اور بھی جھنجھلا گیا۔

"سارا دن مصروف رہتا ہوں۔ کتوں کی طرح کام کرتا ہوں اور یہاں کسی کو اتنا خیال بھی نہیں کہ صاف چادر ہی بچھا دے۔"

لڑکی کے ہونٹ کپکپائے پر وہ کچھ کہہ نہ سکی۔ ہاں اس بے بسی پر اس کی آنکھوں میں آنسو ضرور تیرنے لگے۔ چوہا حیرت سے اس کی طرف دیکھ رہا تھا۔ آخر وہ بتا کیوں نہیں دیتی کہ اس نے بستر کو بڑے سلیقے سے لگایا تھا۔ وہ چادر تو اتنی صاف تھی جیسے آسمان سے

گرنے والی برف ہوتی ہے۔ دن میں کتنی بار اس نے بچھائی ہوئی چادر کو کھینچ کھینچ کر سیدھا کیا تھا۔۔۔۔ پر لڑکی نے کچھ نہیں کہا اور آدمی کا غصہ تھا کہ بڑھتا چلا جا رہا تھا۔ ایسے میں چوہا کرسی کے نیچے سے نکل آیا۔ وہ جانتا تھا کہ یہ سب بہت خطرناک ہے مگر خوبصورت لڑکی کے آنسو وہ طوفان ہوتے ہیں جن میں آپ کی ساری محفوظ پناہ گاہیں بہہ جاتی ہیں۔ شاید باہر نکل کر وہ اس آدمی کو دکھا دینا چاہتا تھا کہ یہ سب اسی کی وجہ سے ہوا۔ پتہ نہیں کیوں اسے لگتا تھا کہ ایک گیلے چوہے کو دیکھ کر وہ آدمی سب کچھ سمجھ جائے گا۔ وہ جان جائے گا کہ قصور لڑکی کا نہیں اس بیوقوف intruder کا ہے۔ وہ سمجھ جائے گا اور فوراً اس روتی ہوئی لڑکی کو اپنی بانہوں میں سمٹا لے گا۔

پر ایسا نہیں ہوا۔ آدمی نے اسے نہیں دیکھا۔ وہ دیکھتا بھی کیسے؟ اس کے اندر تو بے پناہ غصہ تھا۔ یہ یقیناً کوئی بڑی بات نہیں تھی پر شاید اسے لگا کہ لڑکی اسے محبت ہی نہیں کرتی اگر کرتی ہوتی تو وہ اس کا اتنا تو خیال رکھتی کہ بستر پر صاف چادر ہی بچھا دیتی۔ آدمی نے بستر پر ڈالی چادر نوچ پھینکی اور الماری سے نکال کر صاف چادر بستر پر ڈالنے لگا۔ اس دوران لڑکی اپنی جگہ بت سی بنی کھڑی سسکیاں لیتی رہی۔ چادر ڈالنے کے بعد آدمی کے چہرے پر بے پناہ تھکاوٹ اتر آئی۔ وہ جو سارا دن بھاگے بھاگے کام کرتا تھا پتہ نہیں کیوں ایک چادر کے بوجھ سے ہانپ رہا تھا۔

تو وہ بستر پر گر گیا اور ایسے میں اس کی نظر کرسی کے سامنے کھڑے ننھے سے چوہے پر پڑی۔ غیر اضطراری طور پر اس کا ہاتھ فوراً اپنے جوتے کی طرف گیا پر پھر اس نے اسے واپس کھینچ لیا اور کروٹ بدل کر لیٹ گیا۔ شاید وہ اتنا تھک گیا تھا کہ اسے جوتا کھینچ کر مارنا بھی مشکل لگ رہا تھا۔ یا شاید وہ اس مہربانی سے کسی پرانی غلطی کی تلافی کرنا چاہ رہا تھا۔ کبھی کبھی ہم کتنے irrational ہو جاتے ہیں۔ ہم ایک روتی لڑکی کے آنسو نہیں صاف کر پاتے

اور کسی چوہے کو خود کی طرف ٹکٹکی باندھے دیکھتا چھوڑ دیتے ہیں۔ لڑکی بھی تھوڑی دیر میں بستر پر لیٹ گئی پر اس کی سسکیاں رات گئے تک کمرے میں گونجتی رہیں۔ اسی سسکیوں کے بیچ بھلا کون سو سکتا ہے لیکن اس آدمی نے رات بھر کروٹ تلک نہ لی۔

چوہا البتہ کمرے میں گھومتا رہا۔ اسے خوراک کے کسی ٹکڑے کی تلاش تھی لیکن کمرے میں ایسا کچھ بھی نہیں تھا۔ باہر برآمدے سے بچے ہوئے کھانے کی خوشبو اسے پاگل کر رہی تھی لیکن بیچ میں لکڑی کا مضبوط دروازہ حائل تھا۔ اسے آج کی رات بھوکے پیٹ ہی کاٹنی تھی۔ اسے بھوک سے لڑنے کی عادت بہت پرانی تھی پر اس نے خود کا اتنا اکیلا کبھی نہیں محسوس کیا تھا۔ اس کا اپنا جسم اس کے خلاف ہوتا جا رہا تھا۔ اس کی آنکھیں مضبوط دروازے سے پرے خوراک دیکھتی تھیں، اس کی ناک سات گھروں سے اٹھنے والی کھانوں کی خوشبو سونگھ رہی تھی، اس کے تخیل میں کھانوں سے بھرے خوان سجے تھے۔۔۔۔۔۔۔۔۔ اور ایسے میں وہ بڑی حیرانگی سے اپنے جسم کی طرف دیکھنے لگا جیسے کہتا ہو کہ

"you too Brutus"

ناامیدی سے بھرا وہ چوہا کمرے کے کونے میں جا بیٹھا جبکہ اس کا جسم اسی سرعت اور انہماک سے کمرے میں گھومتا رہا۔ اپنی تیز ناک سے خوراک ڈھونڈتا رہا۔ صبح کے قریب وہ جسم بھی چوہے کے قریب آ کر پڑ گیا جیسے وہ لڑکی رات کو بستر پر لیٹی تھی۔۔۔۔۔ کچھ ایسے کہ دونوں کے بیچ کوئی فاصلہ نہیں تھا اور کچھ یوں کے دونوں کے بیچ پوری دنیا کا فاصلہ تھا۔

چوہے کی آنکھ کھلی تو دن کافی چڑھ چکا تھا۔ وہ روشندان سے کمرے میں جھانکتی دھوپ صاف دیکھ سکتا تھا۔ کمرے میں اس کے اور دھوپ کے سوا کوئی نہیں تھا۔ بستر بے

ترتیب پڑا تھا اور کمرے کا دروازہ بند تھا۔ اس نے روشنی میں ایک مرتبہ پھر کوئی درز ڈھونڈنے کی کوشش کی مگر کامیاب نہ ہو سکا۔ بھوک اب اسے تکلیف نہیں دے رہی تھی، بے چین نہیں کر رہی تھی بلکہ دلنشین لوریاں سنا رہی تھی۔ جسم میں نیند ہچکولے لے رہی تھی۔ سب چیزوں سے حقیقت کی سختی غائب ہوتی جا رہی تھی۔ سب کچھ صحیح ہو گیا تھا۔ اسے بس اپنے کونے میں لیٹ جانا تھا۔ لیکن اسے لگتا تھا کہ اگر ایسا ہوا تو وہ پھر کبھی نہ اٹھ پائے گا۔۔۔۔۔ نہیں وہ سو نہیں سکتا تھا۔ اسے ابھی زندہ رہنا تھا۔ اس نے اپنے آپ کو غیر ضروری طور پر مصروف رکھنے کی کوششیں شروع کر دیں۔ وہ دروازے کے قریب پہنچ گیا اور کچھ سننے کو کان لگا دیے۔ وہ وہاں بڑی دیر تک کھڑا رہا مگر گلی میں گزرتے پھیری والے اور شاید محلے دار بچوں کے رونے کے سوا کوئی آواز سنائی نہ دی۔ وہ لڑکی یقیناً گھر میں نہیں تھی۔ اگر ہوتی تو ادھر ادھر چلتے ہوئے اس کے قدموں کی آہٹ اور چوڑیوں کی کھنک ہی سنائی دیتی رہتی۔ پر کیا خبر کہ وہ جوتے اتار کر آہستگی سے قدم رکھے چلتی ہو اور کام کرنے کو اس نے چوڑیاں اتار کر طاق پر رکھ دی ہوں۔ پھر یہ بھی تو ممکن تھا کہ وہ تھوڑی دیر کو صحن میں بچھی چارپائی پر لیٹی ہو اور اسے نیند آ گئی ہو۔ وہ رات کو سوئی بھی کہاں تھی اور ایسی نرم دھوپ میں بیدار رہنا بھلا کہاں ممکن ہے۔ وہ سوچتا رہا اور بے چینی سے کمرے میں ٹہلتا رہا۔

"ابھی تھوڑی دیر میں جب دھوپ جوان ہو گی تو وہ لڑکی اٹھ بیٹھے گی۔ چپل گھسیٹنے کی آواز کے ساتھ چوڑیوں کی کھنکھناہٹ سنائی دے گی اور میں اس کے دروازہ کھولتے ہی جھٹ سے باہر بھاگ جاؤں گا۔۔۔۔۔ ویسے مجھے اس سے ڈرنے کی ضرورت نہیں ہے۔ وہ تو مجھے دیکھتے ہی چیخیں مارتی بھاگ کر بستر پر چڑھ جائے گی اور بہت ممکن ہے کہ شام تک بستر ہی سے نہ اترے۔۔۔۔۔ ہاں البتہ اس آدمی سے ہوشیار رہنے کی ضرورت ہے۔ مانا

کہ کل رات اس نے مجھے چھوڑ دیا تھا پر دوبارہ ایسی امید لگانا بہت پاگل پن ہو گا۔"

وہ سوچتا رہا اور ٹہلتا رہا۔ صرف اسی طرح وہ خود کو اس لوریاں دیتی نیند سے بچا سکتا تھا۔ پر اس طرح ٹہلنے سے بھوک اور شدت سے چمک اٹھی تھی اور سہ پہر تک تو اسے تھک کر دروازے کے قریب بیٹھ جانا پڑا۔ اب اس کے تصور میں چارپائی پر کوئی لڑکی نہیں تھی۔

"شاید کسی ہمسائی کے ساتھ بازار گئی ہو گی۔ بہر حال شام سے پہلے تو وہ گھر آ ہی جائے گی۔" اس نے خود کو تسلیاں دیں۔ لوریوں کی آوازیں بلند ہونے لگیں۔ اس شور سے بچنے کے لئے اس نے بڑی توجہ سے کمرے میں طاق پر رکھی تصویر کو دیکھنا شروع کر دیا۔ وہ اُن کی شادی کی تصویر تھی۔ وہ اس تصویر کو ٹکٹکی باندھ کر دیکھتا رہا۔۔۔۔۔۔ اس وقت تک جب تک سورج روشندان کی پہنچ سے بہت نیچے ہو گیا اور اندھیرا کمرے میں در و دیوار پر رینگنے لگا۔

شام بھی گذر گئی۔ وہ یقیناً کسی بازار میں نہیں گئی تھی۔ ہو نہ ہو وہ اپنے میکے چلی گئی ہو گی۔ اپنے شوہر کی بد اعتمادی پر وہ اتنی بد دل ہوئی کہ میکے چلی گئی جہاں وہ اپنی ماں کے گلے لگ کے وہ ساری کہانی کہہ رہی ہو گی جس کا ایک لفظ بھی وہ کل بول دیتی تو سب کچھ ٹھیک ہو جاتا۔ بہر حال وہ نوجوان تو ابھی گھر آ ہی جائے گا۔ اسے بس ذرا ہوشیار رہنے کی ضرورت تھی۔ چوہے کو بہت پھرتی سے نکلنا ہو گا۔ اس کا دل تھوڑا مطمئن ہو گیا گو دل میں کہیں یہ اندیشہ اب تک تھا کہ شاید وہ اب نقاہت کے مارے بھاگ بھی پائے گا یا نہیں۔

رات بارہ بجے گھر کا تالا کھلنے کی آواز آئی۔ تو اس کا اندازہ صحیح ہی تھا۔ لڑکی یقیناً میکے جا چکی تھی۔ بہر حال اب مصیبت ختم ہونے کو تھی لیکن وہ منتظر ہی رہا۔ اس رات کسی نے کمرے کا دروازہ نہیں کھولا۔ اسے شروع میں باہر سے کاغذ کھڑکھڑانے کی آواز سنائی دی

جیسے کوئی کھانے کے لئے آ بیٹھا ہو۔ کھانے کی خوشبو کا ایک جھونکا بڑی شدت سے چوہے کی ناک سے آ ٹکرایا مگر پھر کوئی آواز سنائی نہیں دی۔ بڑی اداسی تھی۔ اسے یقین نہیں تھا پر لگتا تھا جیسے کسی نے سسکی بھری ہو اور جیسے اسے ٹھنڈے فرش پر گرم آنسوؤں سے اٹھنے والی ''سی سی'' سنائی دیتی ہو۔ پر یہ شاید اس کا وہم تھا۔ بھلا مرد کہاں روتے ہیں۔ وہ جو تمام رات اپنی سسکتی بیوی کے سرہانے پڑا سوتا رہا وہ بھلا کیسے رو سکتا تھا۔

پر وہ بھلا کل بھی کہاں سویا تھا۔ وہ تو ہر لمحہ اپنی بیوی کی اشکبار آنکھوں کو بوسے دینا چاہ رہا تھا۔ وہ تو گھنٹوں تلک اپنی باتوں سے اس کا دل بہلانا چاہتا تھا۔ یہ تو پندرہ گھنٹوں کی شفٹ سے اٹھنے والی تھکن تھی جو سو رہی تھی۔۔۔۔۔۔ تھکن جو بے پروا تھی کمرے میں بھری ہوئی سسکیوں سے ،ڈھٹائی سے نظریں گاڑے چوہے سے۔ تھکن جس نے اس آدمی کی طاقتور جبلت کو یوں دبا رکھا تھا جیسے کسی تجربہ کار شاہسوار کی رانوں تلے کوئی گھوڑا۔ تھکن جو اُسے اس غیر انسانی راستے پر چلائے جاتی تھی جہاں دوسری زندگیاں محض سنگ میل ہوتی ہیں۔ اور سنگِ میل لاکھ مفید سہی پر کوئی ان کے پاس رکا نہیں کرتا۔

وہ عجیب رات تھی۔ بہت بار کوئی دروازے سے لوٹ جاتا رہا۔ تمام رات کوئی سرد برآمدے میں ٹہلتا رہا۔ سگرٹیں پھونکتا رہا۔ چوہا اپنی ساری لاچارگی کے باوجود اس سے ہمدردی رکھتا تھا۔ وہ اسے بتا دینا چاہتا تھا کہ ایسے سرد موسم میں باہر پھرنے سے وہ بیمار پڑ جائے گا۔ اسے چاہیے کہ وہ کمرے میں گرم بستر میں آ گھسے اور سو جائے۔ صبح کو وہ یقیناً بہت بہتر انداز میں سوچنے کے قابل ہو جائے گا۔ بالکل یہی نصیحت اس شخص کے جسم پر اترتی تھکن بھی کئے جا رہی تھی مگر وہ بڑی ڈھٹائی سے برآمدے میں ٹہلتا رہا۔ اس کے قدموں میں سگرٹ کی راکھ اور جلے ہوئے سگرٹوں کے ڈھیر لگتے رہے اور بھوکا چوہا بستر میں گھسا اپنے سرد جسم کو تھوڑی حرارت پہنچانے کی کوشش کرتا رہا۔

نوجوان کمرے میں نہیں آیا۔ اس نے کسی کی بات نہیں مانی۔ وہ بیمار بھی نہیں پڑا اور پھر جب روشنی کی پہلی بوند اس کے چہرے پر پڑی تو اس نے نظر اٹھا کر آسمان کو دیکھا اور پھر جلدی سے صحن میں لگے واش بیسن پر منہ دھونے لگا۔ وہ شاید کہیں باہر جا رہا تھا۔ چوہا اب ایک اور دن کی بھوک برداشت نہیں کر سکتا تھا۔ اس نے آخری چارا استعمال کرنے کا فیصلہ کر لیا اور تیزی سے دروازے سے جا ٹکرایا۔ کیا صحن میں منہ دھوتا نوجوان اس آواز پر چونکا ہو گا؟ چوہا پھر ٹکرایا اور ٹکراتا ہی چلا گیا۔ لیکن کوئی نہیں آیا۔ شاید وہ اتنی آواز ہی پیدا نہیں کر پا رہا تھا کہ جو کسی کو متوجہ کر سکتی۔ یا پھر شاید نوجوان نے دروازے کی طرف دیکھا ہو اور بس نظر انداز کر دیا ہو جیسے اس نے کل رات چوہے کو کر دیا تھا۔ پھر بیرونی دروازہ بند ہونے کی آواز سنائی دی اور گھر میں سناٹا چھا گیا۔ دروازے سے مسلسل ٹکرانے کی وجہ سے چوہے کے سر سے خون کی پتلی سی لکیر نکل رہی تھی۔ اس کا دل بیٹھا جا رہا تھا اور وہ وہیں دروازے کے قریب ٹھنڈی زمین پر لیٹ گیا۔ شاید اس میں اتنی ہمت نہ رہی تھی کہ وہ بستر تک پہنچ سکتا یا پھر کل کے واقعے کے بعد وہ صاف چادر کو اپنے خون کے دھبوں سے خراب نہیں کرنا چاہتا تھا۔

چوہا ٹھنڈے فرش پر لیٹ گیا اور لوریاں سنانے والے قریب آ گئے۔۔۔۔۔۔ اتنے قریب کہ اب ان کے بھونڈے چہرے دیکھنا بھی ممکن ہو رہا تھا۔

وہ گھر سارا دن سنسان رہا اور چوہا دروازے کے قریب پڑا ٹھٹھرتا رہا۔ بہت دفعہ وہ گہری نیند میں چلا گیا۔ ایسے میں اس نے ایک خوشبوؤں بھرے ریستوران کو دیکھا، اس نے خود کو گہرے پانیوں میں تیرتا محسوس کیا، کئی بار اسے اپنے ارد گرد چاکلیٹ کے ادھ کھائے ٹکڑے دکھائی دیے اور جب شام گئے کمرے کا دروازہ کھلا تو وہ حرکت کرنے کی ہر Temptation کھو چکا تھا۔ وہ بس ساکت جسم اور پتھرائی ہوئی آنکھوں سے دو ہیولوں کو

کمرے میں داخل ہوتے دیکھتا رہا۔ ہیولے جنہوں نے اس پر نظر ڈالی جھٹ گتے کے ایک ٹکڑے پر ڈال کر کوڑے کے ڈبے میں پھینک دیا۔ کوڑے کے ڈبے میں کھانے کی بے شمار چیزیں تھیں۔۔۔۔۔ چیزیں جو دن بھر اس کے سامنے آ آ کر ناچی تھیں اور جنہیں چھو لینے کی سعی میں وہ نڈھال ہوتا رہا تھا۔ آج وہ ان کے بیچ پڑا تھا پر کسی یوگی کی طرح وہ ان سے اٹھتی ہر خوشبو سے بے نیاز ہو چکا تھا۔

وہاں سے کچھ دور نوجوان نے لڑکی کو اپنی بانہوں میں جکڑ رکھا تھا اور سرگوشی کے انداز میں کہہ رہا تھا۔

"اس ایک دن کی جدائی نے تمہیں اور بھی خوبصورت بنا دیا ہے۔ کتنا خوبصورت ہے یہ رشتہ جو توڑنے پر بھی ٹوٹ نہیں سکتا۔ میں تو کہتا ہوں کہ ہمیں کبھی کبھار ایسی لڑائی کر ہی لینی چاہیے۔"

لڑکی کچھ نہیں بولی مگر آج اس کے چہرے پر مسکراہٹ تھی اور آنکھوں میں ایک اعتماد تھا۔۔۔۔۔ گہرا اعتماد جو ایک محبت ہی ہمیں دے سکتی ہے۔ وہ دونوں ایک دوسرے سے لپٹے کھڑے تھے اور جیسے ساری کائنات ایک آفاقی دھن پر ناچ رہی تھی۔ ساری کائنات حرکت میں تھی اور بس کوڑے کے ڈبے میں ایک جسم ساکت پڑا تھا۔ ایک جسم۔۔۔۔۔ کوئی ساحر جس کی ساری دنیا سمیٹ کر لے گیا تھا اور وہ اتنا حیران تھا کہ رو بھی نہیں سکتا تھا۔

☆☆☆

## نیند

رات کو جھینگر بولتے ہیں اور مجھے نیند نہیں آتی۔ دن کو ٹریفک اور بچوں کا شور ہوتا ہے اور مجھے نیند نہیں آتی۔ سچ کہوں تو سب بہانے ہیں۔ تم بس بوڑھے ہو گئے ہو اس لئے تمہیں نیند نہیں آتی۔

✳ ✳ ✳

سید اسد علی کی مزید کہانیوں کا مجموعہ

# سنگریزہ اور دیگر کہانیاں

مصنف: سید اسد علی

بین الاقوامی ایڈیشن منظر عام پر جلد آرہا ہے